KB015667

Le Club des Haschischins

해시시 클럽

Le Club des Haschischins

조은섭 옮김

위대한 작가들의 은밀한 실험실

테오필 고티에

샤를 보들레르

장 자크 모로

발터 벤야민

피츠 휴 러들로

알레이스터 크롤리

지식의편집

일러두기

- 외래어는 대부분 국립국어원 용례를 따랐으나 일부는 일상적으로 많이 쓰는 표기를 사용했습니다. 불어의 'haschisch'와 영어의 'hashish'의 한글 표기는 이해를 돕기 위해 일상적으로 많이 쓰이는 '해시시'로 통일하였습니다.
- 각 장의 작품 설명의 원어명 표기는 글이 발표된 당시의 제목을 따랐습니다.

차례

이 책에 대하여

해시시가 유럽에 처음 소개된 것은 1798년 이집트를 침략한 나폴레옹의 군대를 통해서였다. 술이 금지된 이슬람 국가 이집트에서 수천 명의 군인들이 이 동양의 이상한 약물을 접했고, 나폴레옹은 프랑스 군대에 해시시 금지령을 내려야 했다. 프랑스로 돌아온 군인들에 더해 당시 큰 인기를 끌었던 《아라비안 나이트》를 통해 해시시에 대한 풍문이 퍼지면서 사람들의 호기심을 자극했다.

해시시에 관한 첫 번째 연구서는 1803년 닥터 비레에 의해 출판되었다. 비레는 해시시를 트로이의 헬렌이 손님들의 기억을 빼앗기 위해 사용했던 신비한 약물이라고 주장했다. 또 저명한 아랍학자 사시[1]는 암살자를 뜻하는 '아사신assassin'[2]에서 '해시시hashish'란 단어가 유래되었고, 마르코 폴로가 기행문에서 언급한 동양의 신비한 독이 바로 해시시라고 주장했다.

당시 유럽에서는 아편이 크게 유행했다. 에드거 앨런 포, 워즈워스 등 많은 작가들이 아편을 창조의 뮤즈로 여겼다. 1821년 <런던 매거진>에 발표된 토머스 드 퀸시의 <어느 영국인 아편 중독자의 고백>을 통해 아편의 중독성과 위험이 알려졌다. 아편에 대한 경각심이 생기자 사

1 프랑스의 언어학자이자 동양학자(Silvestre de Baron Sacy, 1758-1838).

2 십자군 전쟁을 통해 유럽에 알려진 이슬람교 니자르 파. 족장에 대한 광적인 헌신과 암살로 유명하다

람들은 다른 약물, 좀 더 안전한 약물을 찾기 시작했다.

정신의학을 공부한 의사 장 자크 모로는 정신병을 이해하고 치료하는 열쇠로서 환각을 중요시했다. 그가 선택한 것은 해시시였다. 그는 1830년대 아랍 국가들을 여행하면서 처음 해시시를 접했다. 해시시에 대한 경험과 연구를 통해 그는 정신병이 당시 많은 정신과 의사들의 주장처럼 뇌손상 때문이 아니라 신경시스템의 화학적 변환에 의해 일어나는 뇌작용의 변화라는 결론을 내렸다. (수백 년 후에 LSD를 연구했던 정신과 의사들도 같은 결론을 내렸다.) 모로는 자신의 연구를 증명하기 위해 더 많은 사례와 연구 대상이 필요했다. 그리고 우연히 만나게 된 고티에를 통해 표현 능력이 뛰어난 작가들을 소개받았다. 이들은 해시시 클럽에 모였고 모로는 그곳의 약제사였다. 당시의 해시시는 지금과 달리 여러 가지 향료가 가미된 일종의 반죽이었다.

항상 이국적인 것, 새로운 것에 관심이 많았던 테오필 고티에는 모로를 통해 해시시를 경험한 뒤 당시 보들레르 등과 함께 거주하던 로잰 저택에서 한 달에 한 번 해시시를 복용하는 해시시 클럽을 만든다. 그 멤버는 보들레르, 뒤마, 발자크, 위고, 들라크루아 등 당시의 뛰어난 작가들이었다.

고티에는 1843년 자신의 해시시 경험을 다룬 글을 발표하고 좋은 반응을 얻자 1846년 《해시시 애호가 클럽》을 출판한다. 이 단편은 당시 로쟁 저택의 분위기와 거기 모였던 사람들, 해시시에 취한 그로테스크한 연회의 묘사로 유명하다. 보들레르, 고티에 등 유명한 작가들이 살았던 장소로 지금도 유명한 로쟁 저택은 1657년 로쟁 백작의 개인 저택으로 세워졌고 당시에도 파리의 대표적인 건축물이었다. 고티에 글에 그 고딕적인 실내 분위기가 잘 나타나 있다.

의심할 여지없이 해시시 클럽의 가장 유명한 회원은 물론 보들레르였다. 1849년 고티에를 알게 된 보들레르는 해시시 클럽에 초대를 받았다. 그는 해시시를 열한 번이나 열두 번쯤 시도해 보았으나 해시시 클럽에서는 관찰자로 남았다. 1858년 발표한 《인공낙원》에 수록된 <해시시의 시>는 당시 발표되었던 사시의 글과 약제사 도볼트의 글에서 의학적인 소견들을 많이 따왔지만, 해시시 환각에 대한 문학사상 가장 시적인 묘사라고 평가받고 있다. 보들레르는 해시시가 상상력과 창조성을 높여주고 신체적인 해는 없지만 정신적인 해, 인간의 의지를 약하게 한다고 보았다.

발자크 역시 해시시 클럽에 참석했으나 대부분 복용

하지 않고 관찰자로 머물렀다. 그러나 결국 호기심이 그를 이겼다. 1845년 마담 한스카에게 보낸 편지에서 해시시를 복용했다고 고백한다. 그는 그때 천국의 음성과 거룩한 그림들을 보았다고 이야기한다. 귀스타브 플로베르 역시 해시시 클럽에 참석했으나 복용하진 않았다. 그는 강한 호기심을 느꼈으나 두려웠다고 고백한다. 보들레르의 《인공낙원》에 감명을 받아 약물을 다룬 형이상학적인 소설 <나선>을 발표할 계획을 세웠으나 그 작품은 초안에 머무르고 말았다. 빅토르 위고 또한 해시시 클럽에 참석했으나 경험을 글로 남기지 않았다.

제라르 네르발은 약물에 관한 저작을 남긴 해시시 클럽 참여자였다. 그는 1847년 《동양기행》에 해시시의 환각과 도플갱어를 다룬 기묘한 단편 <칼리프 하킴 이야기>를 수록했다. 몇몇 글에선 아편의 영향을 드러내기도 했다. 하지만 무엇보다 그의 글은 대부분이 환상과 판타지의 영역권 안에 있다.

알렉상드르 뒤마 또한 해시시 클럽에 참여했고, 해시시의 효과에 대해 잘 알고 있었으나 그가 복용했다는 기록은 남아 있지 않다. 최고 인기 작가였던 뒤마는 당시 신문에 연재했던 <몬테크리스토 백작>에서 해시시를 복용하는 '선원 신드바드 이야기'를 다룬다. 많은 부분이 마르코 폴로가 언급했던 '산의 노인'에서 그 소재를 따왔다.

붉은 조끼와 녹색 가발, 살아 있는 바닷가재를 끌고 파리 번화가를 산책하는 네르발, 극단적인 탐미주의와 약물, 압생트, 매독, 이국 취향, 고급 창부와 자살, 죽음. 어두운 도시의 밤거리를 헤매는 보들레르와 고티에 그리고 추종자들의 댄디즘. 그들의 한쪽에는 자연과의 합일, 고대의 시간과 장소, 초자연적인 신비주의가 있었고, 다른 한쪽에는 고도로 복잡한 대도시의 세련된 취향과 문화, 유미주의가 있었다. 이사야 벌린 말대로 그들은 '어느 곳을 향해 걸어도 목적지에 도달하지 못하고 한번 들어간 사람은 결코 살아 나오지 못하는 곳'을 향해 나아갔던 것이다.

상식이나 중용과는 거리가 먼 태도로, 모든 것에 반응하는 민감한 영혼과 열정을 가지고 개인의 행복과 위안을 등진 채 그들은 순교자의 자세로 낯선 폴리페모스 Polyphemus[3]의 동굴로 걸어갔던 것이다.

편집부

3 그리스 신화에 나오는 외눈박이 거인.

해시시 애호가 클럽

Club des Haschischins

19세기 중반 프랑스 파리에서
있었던 작가, 예술가들의 작은 모임.
이들은 파리 생 루이 섬에 있는
오래된 피모당 호텔(현 로쟁 저택)에
한 달에 한 번 모여 정신과 의사
장 자크 모로의 주관 아래 꿀,
피스타치오 등 여러 가지 향신료가
가미된 해시시 페이스트를
복용했다. 그 멤버는 고티에, 네르발,
보들레르, 발자크, 위고, 뒤마,
들라크루아 등이었다.

테오필 고티에

Theophile Gautier, 1811-1872

프랑스의 시인, 소설가. 유미적인 작품으로 후에 고답파 시인들에게 영향을 주었다. 작품은 《모팽 양》, 《낭만주의의 역사》 등이 있다.

제라르 드 네르발

Gerard de Nerval, 1808-1855

시인, 소설가. 《파우스트》를 번역했고 《불의 딸》, 《오렐리아, 꿈과 인생》, 상징주의의 선구적 작품이라고 평가받는 《환상시집》 등의 작품이 있다.
동양의 여러 나라를 여행한 뒤 《동양기행》을 썼다.

샤를 피에르 보들레르

Charles-Pierre Baudelaire, 1821-1867

프랑스의 시인, 산문가. 작품으로는 《악의 꽃》, 《인공낙원》 등이 있다. 들라크루아, 바그너, 고티에 등에 대한 평론 등 신고전주의 미학에 대항하는 새로운 미학을 제시하는 비평가로 활동하기도 했다.

외젠 들라크루아

Eugene Delacroix, 1798-1863

프랑스 낭만주의 미술의 대표적 화가.
단테, 세익스피어 등의 작품에서 영감을 받은
강렬한 색채와 드라마틱한 구도로 유명하다.

빅토르 마리 위고

Victor-Marie Hugo, 1802-1885

프랑스의 낭만파 시인, 소설가. 작품으로는
《노트르담 드 파리》, 《레 미제라블》 등이 있다.

오노레 드 발자크

Honoré de Balzac, 1799-1850

프랑스 소설가. 사실주의 문학의 거장.
《인간희극》이란 제목 아래 프랑스의
사회적, 사적 영역을 모두 아우르려 했다.
그중 《외제니 그랑데》, 《고리오 영감》,
《골짜기의 백합》 등이 많이 알려졌다.

귀스타브 플로베르

Gustave Flaubert, 1821~1880

프랑스 작가. 문학을 언어의 문제로 환원시킨
최초의 작가, 누보로망의 원조로 평가받는다.
주요 작품으로는 《세 가지 이야기》, 《마담 보바리》,
《감정 교육》 등이 있다.

알렉상드르 뒤마

Alexandre Dumas, 1802-1870

프랑스의 극작가, 소설가.
《삼총사》, 《몬테크리스토 백작》 등 250편이 넘는
작품을 남겼다.

장 자크 모로

Jean Jacques Moreau, 1804-1884

정신과 의사. 1845년에
〈해시시와 정신병에 관하여〉라는
논문을 발표했다.

Le Club des Haschischins

테오필 고티에 Theophile Gautier, 1811-1872

프랑스의 시인이자

소설가, 저널리스트.

01

해시시 애호가 클럽

테오필 고티에는 24살에 성도착자를 다룬 소설《모팽 양》으로 유명해졌다. 실패한 화가이자 시인이었던 그는 환상적인 단편 소설과 비평으로 더 각광받았다. 항상 이국적인 것에 열광했던 고티에는 여러 곳을 여행하며 다양한 저작을 남겼다. "현실과의 전쟁에서 우리의 유일한 무기는 상상력이다"라고 주장했던 그는 자신의 경험을 다룬 <해시시>라는 짧은 산문을 <르 프레스>에 처음 소개했다. 이후 자신이 결성한 해시시 클럽의 이야기를 1846년 잡지 <두 세계>에 발표했다.

I. 피모당 호텔

12월의 어느 저녁, 나는 암호처럼 만들어져 회원이 아닌 사람들은 이해하지 못할 이상한 소환장을 받고 파리 한복판에 있는 일종의 외딴섬에 도착했다. 강은 섬을 문명의 침입으로부터 보호하듯 두 팔로 감싸 안고 있었다. 내가 최근에 가입해서 오늘 처음 참석하는 이상한 클럽의 월 모임이 이곳 생 루이 섬의 낡은 건물, 로쟁 백작[1]이 세운 피모당 호텔[2]에서 있었다.

여섯 시밖에 되지 않았지만 날은 벌써 어두웠다. 세느강이 지척에 있는 탓에 짙은 안개가, 불그스레한 전조등과 불 켜진 창문에서 빠져나온 빛으로 군데군데 찢기고 구멍이 난 채 모든 사물을 흐릿하게 하고 있었다. 빗물에 잠긴 포장도로가 가로등 불빛 아래서 시적 영감을 자아내며 물처럼 반짝였고, 얼음 파편이 실린 매서운 북풍이 얼굴을 후려쳤다. 그르렁거리는 바람 소리는 심포니의 고음부를, 바람에 날려온 물방울들이 다리에 부딪혀 부서지며 저음부를 연주했다. 그날 저녁, 혹독한 겨울 시를 노래하는 데 필요한 것들은 하나도 빠지지 않고 총출동하였다.

1 루이 14세의 총애를 받던 백작(1633-1723).

2 로쟁 저택의 당시 이름.

한적한 강둑을 따라 늘어선 어두운 건물들 속에서 내가 찾고 있는 건물을 식별하기가 쉽지 않았다. 그런데 마부가 자리에서 일어나 대리석 간판에 금박이 반쯤 벗겨진, 호텔 이름을 읽어냈다. 바로 해시시 애호가들의 모임이 있는 호텔이었다.

외진 건물 안으로 들어가기 위해 나는 조각이 새겨진 문손잡이를 잡아당겼다. 삐걱거릴 뿐 꼼짝도 하지 않았다. 있는 힘껏 당기자 겨우 낡고 녹슨 빗장이 풀리며 거대한 널빤지로 된 문의 돌쩌귀가 돌아갔다. 안으로 들어서자 누런 유리문 뒤에서 경비를 보던 늙은 여자가 어렴풋이 보였다. 그녀는 흔들리는 촛불 밑에서 샬켄Schalken[3]의 그림처럼 보였다. 그리고 기괴하게 인상을 찌푸리며 기다란 손가락을 관리실 밖으로 내밀어 내게 길을 알려줬다.

점점 희미해지는 불빛, 칠흑 같은 어둠 속에서 유일하게 가늠할 수 있는 것은 지금 지나고 있는 뜰이 뾰족한 박공이 달린 고전 건축물로 둘러싸여 있다는 것이었다. 마치 초원이라도 걷는 것처럼 발이 젖었다. 포석 깔린 바닥 틈새로 풀들이 자라고 있었기 때문이다. 촘촘한 격자 유리가 박힌 커다란 창문들이 어두운 건물 정면에 비쳐 반짝이며

3 네덜란드 초상화가(1643-1706).

안내자 역할을 해주고 있어 길 잃을 염려는 없었다.

현관 문턱을 넘어서자 루이 14세 때나 만들어졌을 듯 한 거대한 계단들이 보였다. 그 계단들 속에 주택 하나가 아늑하게 자리를 잡고 있었다. 그중 한 계단 밑에 이르렀다. 르 브룅Le brun[4] 취향의 에로스가 타고 달리는 이집트의 키마이라Chimaera[5]가 난간 위에 다리를 쭉 펴고 있었다. 촛대처럼 그 웅크린 발톱에 초가 꽂혀 있었다.

계단 경사는 완만했다. 배치가 잘된 중간 층계참과 층계들이 영화로웠던 지난 세기의 생활과 건축가의 천재성을 증명하고 있었다. 검은 연미복을 입고 찬탄하며 계단을 오르던 나는 갑자기 불안해졌다. 내가 이 전체적인 조화를 깨는 것은 아닐까, 내 것이 아닌 호사를 누리고 있는 것이 아닐까, 하는 걱정이 들었다. 내겐 하인들이 드나드는 비상계단이면 충분할 터였다.

이탈리아와 스페인 학파의 걸작 그림들의 복사본이 대부분 액자도 없이 벽에 걸려 있었고, 프레스코 화법으로 신화 속 인물들을 그려 넣은 높고 장엄한 천장이 어둠 속에서 희미하게 모습을 드러냈다.

드디어 소환장에 적힌 층에 도착했다. 위트레흐트

4 루이 14세의 궁정화가로 베르사유 궁전의 내부 장식을 맡았다.
5 그리스 신화에 나오는 머리가 셋 달린 괴물.

Utrecht 벨벳[6]으로 감싼 활처럼 휜 현관 문틀, 닳아서 번질번질해진 자수와 누렇게 변색된 장식 줄, 그 위에 울퉁불퉁 박혀 있는 징들. 오랫동안 사용된 것이 분명한 문이 눈앞에 보였다.

벨을 눌렀다. 익숙하고 조심스럽게 문이 열렸다. 나는 커다란 홀 앞에 있었다. 최대로 켜진 램프가 홀 안을 밝히고 있었다. 이곳에 있는 사람들은 2세기 전으로 되돌아가 있는 것 같았다. 화살처럼 빠르게 흐르는 시간이 이 집에서는 정지된 듯했다. 태엽 감는 것을 깜빡해서 괘종시계 바늘이 항상 같은 곳에 멈춰 있는 것 같았다.

세공된 나무를 대어 흰색 칠을 한 벽들, 그 위를 반쯤 덮고 있는 갈색으로 변한 천에는 당대의 인장이 찍혀 있었다. 거대한 난로 위에는 베르사유 소사나무 가로수 길에서 훔쳐오지 않았을까, 하는 의혹을 살 만한 장식이 르무안 Lemoyne[7]풍으로 몸을 비틀고 있었다.

여러 사람들이 테이블 주변에서 서성이고 있는 홀의 가장 밝은 중앙으로 발걸음을 옮겼다. 내가 불빛 아래 모습을 드러내자마자 터진 커다란 탄성이 낡은 건물에 길게 울려 퍼졌다.

6 거죽에 거친 모헤어가 촘촘히 돋게 짠 천.

7 루이 15세의 수석 화가(1688-1737).

"저 사람이야. 저 사람! 저 사람한테도 자기 몫을 줘!" 여러 사람들이 동시에 소리를 질렀다.

의사는 뷔페 식탁 옆에 있었고 식탁 위에는 일본산 도자기 접시들이 놓인 쟁반이 하나 있었다. 의사는 크리스털 병으로 초록색 밀가루 반죽처럼 혹은 잼처럼 생긴 것을 대략 엄지손가락만 한 덩어리로 잘라 각 접시 위에, 은도금이 된 스푼 옆에 담았다. 반짝이는 눈, 홍조로 자주색으로 보이는 광대뼈, 실핏줄이 불끈 솟아오른 관자놀이, 벌름거리며 공기를 들이쉬는 코, 의사의 얼굴이 흥분으로 빛났다.

"당신을 위한 천국의 몫에서 이만큼 미리 사용하는 겁니다." 의사가 내 몫을 건네며 못박았다.

각자 자기 몫을 먹어치우자 아랍식 커피가 나왔다. 설탕 없이 걸러진 액을 그대로 담아 내놓은 커피였다. 그리고 우리는 식탁에 둘러앉았다.

관습을 무시한 식사 풍경에 여러분들은 분명 놀랐을 것이다. 왜냐하면 보통 스프를 먹기 전에는 커피를 마시지 않으며 잼도 디저트로 먹기 때문이다.

옛날 옛적 동양에 '산의 노인'[8] 또는 '암살자들의 왕'이라 불리는 족장이 이끄는 무시무시한 과격 종교 집단이 있었다. 신도들은 '산의 노인'의 명령에 절대 복종했다. 그를 추종하는 암살자들은 그의 명령이 무엇이든 몸과 마음을 바쳐 헌신적으로 실행했다. 그 어떤 위험도, 죽음조차도 이들을 막지 못했다. 족장의 명령이 있으면 높은 탑에서 뛰어내리는 일도, 왕을 암살하기 위해 경비를 뚫고 궁에 침입하는 일도 마다하지 않았다.

무슨 수단으로 '산의 노인'은 그처럼 완벽한 헌신을 얻어냈던 것일까? 그는 경이로운 약의 힘을 빌렸다. 자신만의 제조법으로 만든 그 약은 놀라운 환각 성분이 들어 있었다. 이를 복용한 사람들은 희열을 만끽했다. 이제 그들에게 실재 삶은 너무 슬프고 무미건조한 것이 되었고, 자신들이 꿈꾸는 천국에 들어가기 위해 기꺼이 몸을 던졌다. 족장의 명령을 어긴 이들은 다시 그 미스터리한 혼합물이 주는 천상의 행복을 누릴 수 없었다.

그런데 의사가 방금 전 우리에게 나눠준 녹색 반죽이

8 마르코 폴로의 기행문에 나오는 십자군 시대에 활동했던 중동의 암살단.

오래전 '산의 노인'이 자신을 추종하던 광신도들에게 무함마드의 천국과 천상의 여자 셋을 약속하며 먹였던 것과 똑같은 것이다. '아사신assassin', '해시시를 복용하는 사람들'이란 뜻으로, '암살자'란 단어를 파생시킨 '해시시'였던 것이다. '산의 노인' 신도들의 광적인 헌신은 바로 해시시에 대한 복종심이었다.

하여간 모든 이들이 저녁 식사를 하는 시간에 내가 집을 나서는 것을 본 사람들은 내가 이 우아하고 역사 깊은 생 루이 섬에서 수세기 전 어떤 사기꾼 족장이 신도들을 부추겨 암살 지령을 내릴 때 썼던 이상한 음식을 맛보리라고는 꿈에도 생각하지 못했을 것이다. 완벽하게 부르주아풍으로 갖춰 입은 내 복장에서 어울리지도 않는 오리엔탈리즘 취향을 눈치챌 만한 아무런 실마리도 발견하지 못했을 것이기 때문이다. 이를테면 한 이슬람교도가 열두 명의 아랍인과 함께 무함마드가 선사하는, 전혀 프랑스적이지 않은 천국의 음식을 맛보러 간다고 상상이나 하겠는가? 그저 조카가 늙은 고모 집으로 저녁 식사를 하러 가는 듯한 모습이었을 것이다.

이런 놀라운 얘기를 하기 전에 주식 투기와 철도 공사

가 한창이었던 1845년 당시, M. 드 해머가 기록하진 않았지만 파리에 해시시 애호가 클럽이 존재했다는 건 분명한 사실이다. 여러분에게 말해줘도 믿지 않겠지만. 미스터리한 일들이 으레 그렇듯이 말이다.

III. 연회

식사가 괴이하게 차려졌다. 이국적이면서도 이상하게 생긴 온갖 그릇에 음식이 담겨 나왔다.

우윳빛 돌기가 있는 베니스산 물잔들, 가문의 문장과 역사가 새겨진 커다란 독일산 컵들, 사암에다 유약을 바른 플랑드르산 단지들과 갈대를 꼬아 감은 가느다란 주둥이가 달린 병들이 보통의 물 컵과 병들을 대신했다. 부르주아 식탁을 장식할 때 빠지지 않는 루이 르뵈프[9]가 제작한 불투명한 도자기와 영국산 꽃무늬 자기가 없어서 더욱 빛이 났다.

같은 접시는 하나도 없었다. 각각의 접시들은 중국, 일본, 작센 지방의 특징을 띠고 있었다. 그 접시들 속에 천상

9 프랑스의 유명한 도공(1834-1893).

의 반죽 샘플이 담겨져 있었다. 조금 깨지고 금이 가 있는 등 사소한 결점이 있었지만 더할 나위 없는 분위기였다. 그릇들 대부분은 베르나르 드 팔리시[10]식으로 장식되거나 리모즈Limoges 지방에서 생산된 자기들이었다. 간혹 칼질을 하다 보면 실재 음식 밑에 깔려 있던 문양들, 개구리 같은 파충류나 새 그림이 눈에 확 띄었다. 접시에 담긴 식용 뱀장어의 주름이 접시에 장식되어 있는 뱀의 주름과 뒤섞였다.

봉두난발에 긴 수염, 또는 콧수염에 머리를 빡빡 밀은 이들이 16세기 단검, 말레이시아산 칼, 스페인산 장검을 위협적으로 휘두르며 음식을 먹고 있는 것을 도시의 문화에 무지한 어떤 숙맥이 목격했다면 어땠을까? 아마 전율했을 것이다. 이들은 흔들리는 램프 조명 탓에 더욱 기묘하게 보였다.

저녁 식사가 끝났다. 벌써 몇몇 열광적인 애호가들은 녹색 반죽의 효과를 느끼고 있었다. 나는 완벽한 맛의 변화를 실감하고 있었다. 물을 마시자 최고의 감미로운 포도주같이 느껴졌고, 입안에 든 고기는 산딸기 맛을 내며 유기적으로 섞였다. 나는 갈비와 복숭아 맛을 구분하지 못할 것 같았다.

10 프랑스의 자연철학자이자 유명한 도예가 (Bernard de Palissy, 1510-1590).

곁에 있는 사람들이 약간 이상하게 보이기 시작했다. 발작하는 고양이처럼 열린 동공, 코끼리처럼 늘어진 코, 공포에 질린 듯 벌어진 입이 눈에 들어왔다. 그들의 얼굴이 초자연적인 색채를 띠었다. 그들 중 한 명, 창백한 얼굴에 검은 수염을 기른 자가 다른 이는 못 보는 광경이라도 본 듯 물을 마시기 위해 용을 썼다. 몸을 비비 꼬아대는 그의 행동에 요란한 야유가 터졌다. 신경질적으로 엄지손가락을 믿기 힘든 속도로 돌리는 사람, 의자 등받이를 뒤로 젖히고 앉아서 눈은 게슴츠레하게 뜨고 팔은 쭉 늘어뜨린 채 관능적인 쾌락에 몸을 맡기고 끝이 보이지 않는 바닷속으로 빠져드는 사람도 있었다.

나는 탁자에 팔을 괴고, 꺼지기 직전의 램프 심지처럼 오락가락하는 정신을 애써 다잡으며 이 모두를 살폈다. 갑자기 엄청난 열기가 내 몸을 엄습했다. 곧이어 바위에 부서지며 밀려갔다 다시 밀려오는 파도처럼 광기가 내 뇌에 밀려왔다 사라졌다. 그러나 결국 광기는 나를 완전히 장악했다. 환각, 이 야릇한 손님이 내 속에 똬리를 튼 것이었다.

“살롱으로 갑시다, 살롱으로! 여러분은 천상의 합창 소리가 들리지 않습니까? 악사들이 아까부터 단상 위에 준비되어 있습니다." 손님 중 한 명이 외쳤다.

IV. 초대 받지 않은 손님

벽에는 도금된 조각이 붙은 대리석 판들이, 천장에는 갈대숲에서 님프를 쫓아다니는 사티로스Satyros[11] 그림들이 그려져 있고, 색을 입힌 거대한 대리석 벽난로와 무늬를 넣어 짠 커다란 커튼이 쳐져 있는 살롱의 거대한 홀은 사치스러웠던 지난 시간들을 드러내고 있었다. 태피스트리로 장식된 가구와 긴 소파들, 공작 부인들의 치마폭을 감싸주고 후작 부인들이 편안하게 몸을 누일 수 있을 만큼의 긴 안락의자들이 두 팔을 벌려 해시시 애호가들을 반겼다. 난로 앞에 있는 낮은 의자가 내게 다가왔다. 나는 그 의자에 앉아 약이 주는 환상에 저항하지 않고 몸을 내맡겼다.

몇 분 뒤 동료들이 자신들의 껍데기, 자신의 그림자만 남겨둔 채 하나 둘씩 벽 쪽으로 가 그 속으로 자취를 감췄다. 물이 모래 위에 남긴 갈색 흔적들처럼 말라 사라지는 듯했다. 그 이후로 나는 동료들이 어떤 상태였는지를 전혀

11 그리스 신화에 나오는 반인반수의 모습을 한 숲의 정령.

알지 못하는 터라 내가 느낀 개인적인 인상만을 여러분에게 들려주는 것으로 만족해야 할 것 같다. 살롱은 썰렁했다. 출처를 알 수 없는 몇 줄기의 빛만이 살롱을 비추고 있었다. 그런데 갑자기 내 눈에서 빨간 빛이 번쩍하는가 싶더니 눈앞에 무수한 촛불들이 켜졌다. 내가 은은한 황금빛 불빛들 속에 떠 있는 것 같았다. 나는 그 자리에 그대로 있었다. 하지만 벽에 걸린 그림의 모습은 변해 있었다. 더 커지고 더 풍성해지고 더 강렬해졌다. 현실은 이 놀라운 환각 세계로 진입하는 출발점일 뿐이었다.

그때까지 내 눈에 보이는 이는 아무도 없었지만 많은 것들이 존재하고 있는 것처럼 느껴졌다. 천이 끌리는 소리, 신발이 바닥을 울리는 소리, 속삭이는 목소리, 쉬쉬거리는 소리, 재잘대는 소리, 킥킥거리는 웃음소리, 소파나 탁자의 다리 끌리는 소리들을 들었다. 딸그락거리는 도자기 소리, 문 여닫는 소리…낯선 일들이 벌어지고 있었다.

갑자기 모르는 존재가 불쑥 나타났다. 어디로 들어온 것일까? 알 수 없는 노릇이었다. 하지만 나는 그가 무섭진 않았다. 새 부리 모양으로 굽은 코, 타원형의 녹색 눈을 지닌 그는 거대한 손수건으로 자주 땀을 훔쳤다. 가냘픈 목에 매고 있는 무거운 흰 넥타이가 목을 조르고 있어 두 볼의 살들이 터질 것처럼 벌게졌고 넥타이 매듭에는 '다커스-캐로타 뒤 포 도르Daucus-Carota du Pot d'or'[12]라고 쓰인 이름표가 달려 있었다. 정사각형으로 잘라낸 밑단과 치렁치렁한 악세사리를 단 검은 옷을 입고 거세된 수탉 가슴처럼 팽팽한 그의 몸은 더 꼴불견이었다. 또 그의 다리는 방금 뽑힌 만드라고라Mandragore[13] 같았고, 검고 거친 무사마귀로 뒤덮여 있었다. 꼬인 뿌리에는 아직 흙이 붙어 있었다. 놀라운 활동력을 지닌 그 다리들이 비비 꼬이며 퍼덕였다. 내 눈에 그 다리들이 받치고 있는 상체가 들어오는 순간 그 이상한 존재가 슬피 울기 시작하더니 팔을 들어 눈물을 훔치고 아주 처연한 목소리로 내게 말했다.

"오늘이 바로 포복절도하는 날이야!"

완두콩만 한 굵은 눈물방울이 그의 코 양쪽을 타고 흘러내렸다.

"포복절도…포복절도…." 그는 합창 중에 생긴 불협화음의 여운처럼 혹은 곳노래처럼 반복해 중얼거렸다.

12 황금 항아리에 담긴 야생 당근이라는 뜻.

13 가지 과에 속하는 사람의 형상을 닮은 식물.
그 뿌리가 인간의 모습이고 땅에서 꺼낼 때 비명을 지른다고
전해져 오는 식물이다.

나는 천장을 보다가 몸은 없고 머리만 있는 마치 게루빔Cherubim[14]의 얼굴을 닮은 듯한 군상들을 발견했다. 코믹한 표정에 무척 행복해 보여서 나도 그들과 같이 웃었다. 그들은 입을 크게 벌리고 코를 벌름거리며 주름 가득한 눈으로 웃고 있었다. 각자의 슬픔을 즐기는 듯도 하지만 일그러진 표정이었다. 이 가면을 쓴 익살꾼들이 한쪽에서 빙빙 돌고 있어 눈이 부시고 어지러웠다.

차차 거실은 칼로Callot[15]의 동판화나 고야Goya[16]의 수채화 속에서나 볼 수 있는 기묘한 형상들로 채워졌다. 요란하게 장식된 독특한 누더기 옷들과 인간과 짐승이 섞여 있는 듯한 형상들. 다른 때 이런 것들과 함께 있었다면 나도 어쩌면 겁을 먹었을 것이다. 그러나 지금은 그 괴기함 속에 위협적인 것은 하나도 없었다. 짓궂게 빛나는 그들의 눈동자에 잔혹함은 보이지 않았다. 들쑥날쑥한 송곳니와 뾰족한 앞니는 기분이 좋을 때만 드러낼 터였다.

내가 그 축제의 왕이었기에 이 모든 형상들이 내가 있는, 불빛이 비치는 중앙으로 차례대로 와 슬퍼 보이면서도

14 게루빔 행성의 수호자로 선악을 기록하고 지식을 베푸는 천사.

15 프랑스의 판화가(1592-1635).

16 스페인의 화가(1746-1828). 공포와 환상을 시각화한 작품들로도 유명하다.

그로테스크한 표정으로 내게 재미있는 이야기들을 들려주었다. 지금 기억해낼 수 있는 것은 하나도 없지만 그 굉장한 농담들에 나는 최고로 즐거웠다.

새로운 형상이 출현할 때마다 퍼지는 웃음, 웅대하고 기품 있으면서도 놀라운 웃음, 마치 무한한 우주 속으로 퍼져나가는 듯한 웃음이 천둥처럼 내 주위에서 울렸다. 차례차례 때로는 날카롭게 때로는 굵고 낮은 목소리로 외쳐댔다.

"아냐 너무 웃겨. 정말 실컷 웃었다. 정말, 정말 재밌다. 점점 더 센 걸 해줘!"

"그만! 이제 됐어. 하하 후후 히히히! 정말 웃겨. 진짜 멋진 말장난이야!"

"그만! 숨이 막혀! 목이 막혀 숨을 못 쉬겠어! 날 그런 눈으로 보지 마. 아니면 내가 웃을 수 없게 목을 아예 졸라주든지…."

반은 장난이고 반은 애원에 가까운 부탁에도 불구하고 환상적인 웃음보는 잦아들지 않았고 소란의 강도도 커졌다. 뜯겨져 나간 마룻바닥과 벽들이 이 광적으로 발작적인 웃음소리에 맞춰 사람들의 횡격막처럼 퍼덕거렸다.

차례차례 나타나던 그로테스크한 유령들이 이젠 떼로 몰려왔다. 광대의 긴 소맷자락을 휘날리며 마법사의 주름진 긴 외투를 입고 비틀거렸다. 우스꽝스럽게 일그러진 마분지 코와 자신의 가발에 뿌려진 밀가루로 구름을 만들어 날리면서 불가사의한 리듬에 희한한 노래를 음정도 맞지 않게 부르며 몰려들었다.

인간이 만든 모든 형상이, 예술가들의 재치 있는 풍자가 창조해낸 모든 형상들이 거기에 함께 있었다. 하지만 그 강렬함은 열 배, 백 배 이상 세졌다. 모든 게 뒤섞여 난장판 같은 집단이었다. 영국산 조랑말의 등짝을 다정하게 툭툭 치는 나폴리 출신 광대, 베르가모[17] 출신 어릿광대가 시커먼 그의 주둥이로 자신의 하얗게 분칠한 마스크에 입 맞추자 끔찍한 외마디 비명을 질러대는 프랑스 광대, 카산드라 아버지의 눈에 담뱃불을 집어 던지는 볼로냐 출신 의사, 광대 등에 올라타 말처럼 질주하는 타르탈리아[18], 동 살뤼스트의 엉덩이를 걷어차는 피에로 질[19] 등이 보였다.

환각이 만든 재미있는 형상들이 점점 강도를 더해갔다. 불구자, 짐승, 그릇처럼 생긴 잡종들, 발에 바퀴를 달고

17 이탈리아 북부 지역 도시.

18 마스카니의 오페라 〈가면들〉에 나오는 하인.

19 빅토르 위고의 〈뤼이 블라스〉에 나오는 광대.

배에 냄비를 단 수도승들, 그릇들로 만든 갑옷을 입고 새의 발톱에 목검을 달고 있는 전사들, 꼬치구이 기계의 톱니 사이에 끼어 옴짝달싹 못하고 있는 국가 원수들, 후추통처럼 생긴 망루에 몸을 반쯤 집어넣고 있는 왕들, 머리를 송풍기 모양으로 부풀리고 실루엣 단장에 애쓰고 있는 연금술사들, 괴상하게 부풀려진 호박 같은 매춘부들…이 모두가 환각이 한 시니컬한 사람을 흥분 상태에 빠트린 뒤 그의 팔을 찔러 일필휘지로 그려낸 것들이다. 와글와글 기어다니고, 내달리고, 껑충껑충 뛰어다니고 있는 것들. 웅성거리거나 휘파람을 불고 있는 것들. 이 모두가 괴테가 '발푸르기스의 밤'[20]에서 말한 것들 같았다.

나는 이 놀라운 바로크 풍의 등장 인물들로부터 벗어나고 싶어 캄캄한 구석으로 피신했다. 그곳에서는 쉬카르 시대나 혹은 오페라 무용의 황제 뮈사르가 지배하던 오페라 극에선 결코 황금기를 누릴 수 없었던 이들의 춤의 향연이 펼쳐졌다. 몰리에르, 라블레, 스위프트, 볼테르 등보다 천 배는 더 뛰어난 이 무용수들은 앙트르샤entrechat[21]나 다른 균형 잡힌 동작들로 심오한 철학이 담긴 코미디와 풍자를 최고로 맛깔스럽게 선보였다. 나는 구석에서 숨죽이

20 독일의 민속 축제. 괴테는 《파우스트》에서 이를 묘사한 바 있다.
21 발레에서 공중에 떠서 양발을 교차시키는 동작.
22 귀스타브 도레(Gustave Doré, 1832-1883): 프랑스 판화가이자 삽화가.

고 구경할 수밖에 없었다.

다커스-캐로타가 눈물을 훔치면서 놀라운 점프를 하며 제자리에서 회전을 했다. 특히 만드라고라의 뿌리로 된 다리를 지닌 그가 그런 동작을 할 수 있다는 게 놀라웠다. 이어 그는 애처롭고도 우스꽝스런 목소리로 외쳤다. "오늘이 바로 포복절도하는 날이야!"

아 오드리의 숭고한 우둔함, 알시드 투세가 목이 쉬도록 질러대는 어리석음, 아르날이 선보이는 뻔뻔한 바보짓, 라블레의 마카크 원숭이 흉내를 극찬하고 코믹한 가면이 무엇인지 안다고 믿었던 당신. 그런 당신이 혹시라도 해시시 탓에 우연히 귀스타브[22]의 무도회에 참석한 것이라면, 최상의 웃음을 선사하는 우리 소극장 익살꾼들의 형상을 관이나 무덤의 모서리에 조각해 놓고 싶다는 생각마저 들 것이다.

발작적인 괴상한 농담들! 냉소적으로 반짝이는 새를 닮은 눈들! 이죽거리는 얼굴들, 도끼에 찢어진 것 같은 입들, 익살스런 십이면체를 이루고 있는 코들! 우스꽝스러운 팡타그뤼엘[23]의 거대한 복부들! 도미에[24]와 가바르니[25]가 질투할 만한 풍자 만화적 재치, 오뚝이 도자기 인형을 움직

23 라블레(François Rabelais, 1483-1553)의 《가르강튀아와 팡타그뤼엘》 속에 나오는 인물.
24 오노르 도미에(Honoré Daumier 1808-1879): 프랑스 화가.
25 폴 가바르니(Paul Gavarni, 1804-1866): 프랑스 판화가.

이는 중국 예술인들, 미친 듯이 웃게 만드는 장난스런 환상 탓에 우글우글한 악몽들 속에서 공포심은 느껴지지 않았다.

그렇다고 모든 환상들이 흉측하고 우스꽝스러웠던 것만은 아니다. 다양한 형상들이 펼치는 이 카니발에 우아함도 있었다. 벽난로 옆에 있던 작은 머리통에 복숭아만 한 볼을 지닌 형상은 금발머리를 하고 환희에 차서 데굴데굴 구르며 쌀알 크기만 한 서른두 개의 이를 드러내고 날카롭고도 낭랑한 웃음소리를 끊임없이 토해냈다. 파이프 오르간처럼 울리는 그 소리는 내 고막을 찌르듯 신경을 날카롭게 만들어 내가 괴상한 짓을 하게 했다. 이 유쾌한 광기가 그가 지닌 최고의 강점이었다. 이어 그의 경련성 한숨, 불분명한 한탄이 들렸다. 이제 웃음은 잦아들며 작은 중얼거림으로 변했고 발작적 광기는 기쁨으로 이어졌다. 다커스-캐로타가 후렴구처럼 중얼대던 말이 현실이 될 참이었다. 무기력해진 해시시 애호가들이 이미 바닥에 나뒹굴고 있었다. 나른하고 포근한 도취감에 빠져 넘어져도 위험하진 않았다.

"정말 나는 행복해! 이게 천복이야! 환희를 맛보고 있어. 나는 천국에 있어. 나는 희열의 심연 속으로 빠져들고 있어!"

그들이 외쳐대는 탄성들은 서로 엉키고 서로를 뒤덮었다. 숨이 가쁜 가슴에선 맛이 간 외침들이 터졌다. 무슨 환상을 보는지 바닥에 누운 채 팔을 휘젓고 발뒤꿈치와 목덜미를 흔들었다. 이 뜨거운 열기를 식히기 위해 찬물을 끼얹을 시간이 된 것이었다. 그대로 두면 보일러가 터져버릴 것 같았다. 인간의 껍데기는 쾌락을 견디는 힘은 지극히 약하고, 고통을 견디는 힘은 대단히 강하기 때문에 이 최상의 행복감을 견뎌내지 못할 것이었다.

클럽 멤버 중 한 명이 자리에서 일어나 피아노 건반 뚜껑을 열고 그 앞에 앉았다. 그는 환각에 빠진 다른 사람들을 감시하기 위해, 날개가 있다고 믿고 창문에서 뛰어내리려는 사람을 막기 위해 이 쾌락적인 약에 손을 대지 않았다. 그의 두 손이 상아로 된 건반을 동시에 찍어 누르자 아주 조화롭고 힘찬 화음이 울려 퍼졌고 모든 재잘거림이 잦아들더니 도취의 방향도 바뀌었다.

나는 그가 치는 곡이 오페라 <마탄의 사수Der Freischutz>[27] 중에 나오는 아가테의 아리아라고 생각했다. 천상의 피아노 소리는 나를 사로잡고 있는 흉측한 군상들, 우스꽝스러운 환상들을 싹 쓸어내는 강풍과도 같았다. 유충처럼 흐느적거리던 일그러진 형상들이 소파 밑으로 기어들어가 커튼 주름 사이에 몸을 숨기고 키득거렸다. 다시금 나는 살롱에서 외톨이가 된 기분이었다.

프리부르[28]에 있는 거대한 파이프 오르간도 분명 지금 견자見者(우리는 절제하는 해시시 애호가를 그렇게 호칭했다)가 치고 있는 이 피아노 소리만큼 웅장하진 못할 것이다. 음들이 힘차게 진동해 빛나는 화살처럼 가슴에 박혔다. 곧이어 들리는 아리아가 내 안에서 나오는 것 같았고 있지도 않은 건반에 내 손가락이 닿는 듯한 느낌마저 들었다. 건반에서 나오는 파란색, 빨간색 소리들이 스파크를 일으켰다. 베버의 영혼이 내 속에서 환생한 것이다. 작품 연주가 끝난 뒤에도 나는 내게 식을 줄 모르는 기쁨을 선사한 이 독일의 거장을 흉내 낸 곡조를 즉흥적으로 작곡

26 인도산 대마를 섞어 만든 담배.

27 칼 마리아 폰 베버(Carl Maria Von Weber, 1786-1826)의 작품.

28 프리부르Fribourg: 스위스 가톨릭의 중심지.

해서 계속해서 연주했다. 안타까운 것은 내 영감이 창조해 낸 이 멜로디를 나 혼자밖에 듣지 못해 기록해 놓지 못했다는 것이다. 나는 그것들이 로시니, 마이어베어[29], 펠리시앙 다비드[30]의 걸작들보다 낫다고 주저 없이 말할 수 있다. 아니, 이도 겸손한 평가다. 오, 피에[31]! 오, 바텔[32]! 십 분 동안 내가 작곡한 삼십여 곡의 오페라 중 한 곡만으로도 육 개월 간 당신들을 풍요롭게 할 수 있었을 것이다.

초기 약간의 경련을 동반했던 희열이 이제 설명할 길 없는 한없이 고요한 행복감으로 변했다.

나는 동양인들이 '키프'라고 부르는 해시시가 주는 행복한 시간을 맛보고 있었다. 더 이상 내 몸을 느끼지 못했다. 정신은 물질에서 완전히 분리되었다. 나는 욕망이 아무런 저항도 받지 않는 곳에서 움직이고 있었다. 우리가 죽은 뒤 우리의 영혼이 여행할 세상 또한 이럴 것이라는 생각이 들었다. 푸르스름한 운무, 아주 화창한 대기, 빛에 반사된 담청색 동굴 등 불분명한 윤곽들이 어렴풋이 흔들리는 것을 보았다. 신선하면서도 미지근하고, 습하면서도 향기로운 그 분위기가 마치 목욕물처럼 내 신경을 달래주며 부드러운 키스처럼 나를 감쌌다. 자리를 옮기려 하자 간지

29 자코모 마이어베어(Giacomo Meyerbeer, 1791-1864): 독일 작곡가.
30 펠리시앙 다비드(Félicien David, 1810-1876): 프랑스 작곡가.
31 피에 위머(Nicole Pillet Wiemer): 19세기 파이프 오르간 연주자.
32 바텔(Vatel): 요리에 음악을 접목한 프랑스 요리사.

러운 공기가 내 주변에 수없는 관능적인 소용돌이를 일으키며 달콤한 나른함으로 내 감각을 점령했다. 나는 소파에 고꾸라져 마치 내팽개쳐진 옷처럼 흐느적댔다. 나는 그제야 이해할 수 있었다. 영혼과 천사들이 점진적으로 아이테르Aether[33]와 하늘을 건너 완전한 단계에 도달하면 맛보는 쾌락이 이것이고 신이 천국에서 담당하는 것이 바로 이거구나.

물질적인 그 어떤 것도 이 희열에 섞여들지 않았다. 거기에는 희열의 순수함을 변질시키는 지상의 그 어떤 욕망도 없었다. 그리고 사랑조차도 이 행복감을 더해줄 수는 없었을 것이다. 로미오가 해시시를 했더라면 줄리엣을 잊었을 것이다. 재스민 향을 맡은 가엾은 줄리엣이 발코니 위로 올라가 필사적으로 석고처럼 희고 아름다운 자신의 두 팔을 어둠 속으로 뻗고 있을 때 로미오는 실크 사다리 밑에 있었을 터였다. 어쨌든 아무리 셰익스피어가 창조한 그 젊고 아름다운 천사를 미치도록 사랑한다 하더라도, 그녀가 베로나의 최고 미인이라 하더라도 해시시에 취한 사람에겐 하찮은 존재일 것이다.

그래서 나는 자신들의 눈부신 알몸을 두툼한 펠트로

33 그리스 로마 신화에서 밝은 빛과 신들이 머무는 곳.

감싼 완벽한 미녀들을, 매혹적인 그녀들의 꽃장신구들을 평온한 눈길로 바라보았다. 매끄러운 명주처럼 광택이 나는 어깨, 반짝이는 은빛 가슴, 천장에 맞닿아 있는 장미나무 같은 작은 발, 출렁이는 풍만한 둔부 등에 현혹되지 않고 바라보았다. 성 앙트안느[34]를 시험에 들게 했던 매혹적인 유령들이지만 내게 아무런 영향도 주지 못했다.

몇 분간의 명상 뒤에 기적 같은 기이한 일이 생겼다. 내가 움직이지 않는 사물 속에 녹아들어가 그 사물이 되었다. 그렇게 나는 시링크스Syrinx[35] 님프로 변했다. 왜냐하면 프레스코화가 사실 목신 판에게 쫓기고 있는 라돈의 딸을 재현한 것이었기 때문이다. 나는 도망치는 가엾은 아가씨의 모든 공포를 몸으로 느끼며 숫염소의 발을 가진 악마를 피하기 위해 환상의 갈대숲으로 몸을 숨겼다.

VII. 악몽으로 변한 키프

내가 희열에 빠져 있을 때 다커스-캐로타가 들어왔다. 재단사 혹은 파샤pasha[36]처럼 그는 뿌리를 가지런히 꼬고

34 귀스타브 플로베르의 《성 앙트안느의 유혹》에 나오는 인물.
35 목신 판에게 쫓겨 갈대로 변한 님프.
36 터키, 이집트의 군사령관.

앉아 이글거리는 눈으로 나를 쳐다보았다. 아주 냉소적인 시선으로 부리를 딱딱거렸다. 그의 작은 체구에서 내뿜는 대단히 잘난 척하는 거만한 모습에 나도 모르게 오싹했다. 내가 두려워하는 것을 눈치챈 그는 몸을 한층 더 비틀고, 인상을 찌푸리며 마치 부상당한 거미나 혹은 자신의 밥그릇을 깔고 앉은 앉은뱅이처럼 펄펄 뛰었다.

그때 귓가를 스치는 싸늘한 바람을 느꼈다. 억양이 귀에 익었지만 누구 목소리인지는 구분할 수가 없었다. 목소리가 말했다. "저 불쌍한 다커스-캐로타. 술을 마시려고 자기 다리를 팔아넘긴 그가 자네 머리를 떼어내고 그 자리에 퍽Puck[37]이 바텀을 당나귀로 바꾼 동화랑 달리 코끼리 머리를 달아 놓았네."

그 말이 몹시 신경이 쓰여 바로 거울을 보러 갔다. 그 말은 거짓이 아니었다. 사람들이 나를 인도나 자바의 우상처럼 여길 듯했다. 이마는 커지고 긴 트럼펫 같은 코가 가슴을 덮고 귀가 어깨에 닿았다. 게다가 내 몸은 시바[38] 신처럼 짙은 파란색이었다.

광분한 나는 다커스-캐로타를 뒤쫓았다. 그는 극도의 겁에 질려 펄쩍펄쩍 뛰며 단말마의 비명을 질러댔다. 그를

37 영국 민화에 나오는 장난꾸러기 요정.

38 인도 힌두교의 파괴의 신.

붙잡아 식탁 모서리에 있는 힘껏 내리친 뒤에야 그가 손수건에 쌓아 놓은 내 머리를 결국 돌려받았다.

승리감에 도취된 내가 긴 소파로 올라가려는데 다시 작은 목소리가 들렸다. “조심해! 적이 너를 포위하고 있어. 보이지 않는 힘들이 너를 유혹해서 붙잡아 두려고 해. 너는 여기 갇혔어. 나가려고 해봐. 그럼 알게 될 테니.”

머릿속 장막이 걷히고 나는 클럽 멤버들이 내 정신을 혼미하게 하려는 신비주의들이며 마법사임에 틀림없다고 확신했다.

Ⅷ. 트레드밀treadmill[39]

나는 힘들게 자리에서 일어나 살롱 문 쪽으로 향했다. 문까지 가는 데 무척 긴 시간이 걸렸다. 알 수 없는 힘에 의해 세 걸음 앞으로 나가면 한 걸음씩 뒤로 밀렸다. 거기까지 가는 데 마치 십 년은 걸린 듯했다. 다커스-캐로타가 히죽거리면서 내 뒤를 따라와 동정하는 음성으로 웅얼거렸다. “이런 속도로 걷다간 도착했을 때는 늙은이가 되어

39 발로 밟아서 돌리는 바퀴.

버리겠다."

간신히 옆방에 도착했더니 방의 크기가 못 알아볼 정도로 변해 있었다. 길어지고 또 길어져 끝이 없어 보였다. 그 끝에서 반짝이는 빛이 마치 하늘에 박힌 별만큼이나 멀리 보였다.

나는 낙담했다. 내가 걸음을 멈추려는 순간 작은 목소리가, 그 입술이 거의 나를 스치듯 가까이서 말했다. "힘내! 그녀가 열한 시에 널 기다리고 있어."

필사적으로 정신력을 발휘해서 나무 둥지처럼 바닥에 박혀 있는 것 같은 발을 뽑아 올리는 데 성공했다. 만드라고라 다리를 지닌 괴물은 용쓰고 있는 나를 비웃듯 억양 없고 느린 톤으로 읊조렸다. "대리석이 솟구치고 있다. 대리석이 솟구치고 있다!"

정말 나는 내 발끝이 화석처럼 굳어져오는 것을 느꼈다. 대리석이 튈르리Les Tuileries 공원[40]에 있는 다프네Daphne[41]처럼 내 엉덩이까지 차올라오고 있었다. 마치 《아라비안 나이트》에 나오는 마법에 걸린 왕자들처럼 내 몸의 반은 동상이 되었다. 딱딱해진 내 발꿈치가 마룻바닥을 크게 울렸다. 돈 후앙의 기사 노릇도 할 수 있을 것 같았다.

40 파리에 있는 공원.

41 그리스 신화에 나오는 숲의 님프.

간신히 계단 층계참에 도착해 내려가려 했다. 반쯤 불이 켜져 있는 층계참은 내 환상 속에서 거대하고 어마어마한 크기로 변해 있었다. 어둠에 잠긴 그 양끝은 마치 하늘과 지옥, 두 극단으로 통하고 있는 것처럼 보였다. 고개를 들자 끝도 없이 중첩된 수없이 많은 층계참들, 리락Lylacq탑[42] 꼭대기에 도달하기 위해 올라야 할 난간들이 눈에 들어왔다. 고개를 숙이자 층층이 이어진 나선형 심연에 현기증이 났다.

"이 계단이 땅속까지 뻗어 있는 게 분명해. 나는 세상이 끝난 다음 날에나 저 아래에 도착하겠군." 나는 계속해서 기계적으로 발걸음을 떼어놓으며 중얼거렸다.

그림 속 인물들이 동정 어린 시선으로 나를 보았다. 몇몇은 중요한 말을 할 기회를 얻은 벙어리들이 그렇듯 괴롭게 몸을 뒤틀며 야단법석을 떨었다. 그들은 내 앞에 놓인 위험에 경고라도 해주려는 것 같았다. 하지만 나는 무기력하게 음습한 기운에 끌려가고 있었다. 마치 프리메이슨단이 겪었던 고행처럼 계단은 디딜 때마다 발이 푹푹 빠졌다. 끈적끈적하고 물컹물컹한 돌들이 두꺼비의 배처럼 힘없이 들어갔다. 새로운 계단과 새로운 층들이 끊임없이 내 발치

42 고티에 작품에 자주 등장하는 일종의 바벨탑.

에 모습을 드러냈다. 이미 지나온 것들도 내 앞에 다시 나타났다. 천 년 동안 이 짓을 한 것 같다는 생각이 들었다. 천신만고 끝에 현관에 도착했을 때 그곳에도 지금까지보다 덜하지 않은 또 다른 고문들이 날 기다리고 있었다.

들어올 때 봤던, 발톱에 초를 하나 꽂은 키마이라가 분명한 적대감을 드러내며 내 통로를 막아섰다. 그 녹색 눈은 조롱으로 빛났고, 음흉한 입은 악의적으로 웃어댔다. 그녀는 배가 거의 땅에 닿을 듯한 자세로 청동 망토를 먼지 속에서 질질 끌며 내게 다가왔다. 이는 내게 복종하겠다는 뜻이 아니었다. 그녀의 사자 궁둥이가 사납게 흔들렸고 다커스-캐로타가 마치 개싸움을 붙일 때처럼 그녀를 자극시켰다. "저자를 물어! 물어뜯어! 청동 주둥이로 대리석 고기를 먹는 건 진짜 진수성찬이지."

나는 그 끔찍한 짐승에 겁먹지 않고 그곳을 통과했다. 한 줌의 찬바람이 얼굴을 때렸다. 갑자기 구름이 싹 걷힌 어두운 하늘이 내 앞에 나타났다. 별들이 커다란 청금석 덩어리로 된 그 괴물의 실핏줄을 금빛으로 물들였다.

나는 안뜰에 있었다. 이 어두운 건축물이 내게 준 당혹감을 독자들에게 전하기 위해서는 나한테 피라네시[43]가

43 조반니 피라네시(Giovanni Piranesi, 1720-1778): 이탈리아 건축가이자 판화가

자신의 청동에 검은 치장을 할 때 쓰던 끌이라도 있어야 할 것만 같다. 뜰이 샹 드 마르스Champ-de-Mars[44]만 해졌고 몇 시간 만에 거대한 건물들이 들어서 지평선 위로 로마나 바빌론과 견줄 만한 첨탑과 둥근 천장들, 탑과 박공들, 피라미드들이 모습을 드러냈다.

내 놀라움은 극에 달했다. 생 루이 섬에 그처럼 웅장한 건축물들이 즐비하게 있으리라고는 꿈도 꾸지 못했다. 게다가 그것들은 섬의 실제 면적의 스무 배는 넘을 듯했다. 불안한 마음에 나는 마법사들의 힘을 떠올렸다. 그들이라면 하룻밤 사이에 이처럼 많은 건물들도 족히 세울 수 있을 것 같았다.

“너는 천박한 환상의 장난감이야. 이 뜰은 아주 작아. 가로가 스물일곱 걸음, 세로가 스물다섯 걸음이야.” 목소리가 중얼거렸다.

“그래그래. 한 걸음에 칠십 리를 가는 마법의 장화를 신으면 그렇지. 절대 넌 열한 시에 도착하지 못해. 네가 떠나온 지 벌써 천오백 년은 됐어. 네 머리카락의 반은 벌써 회색이야. 저 위로 다시 올라가. 그게 더 현명한 짓이야.” 두 갈래로 찢어진 몸을 지닌 난쟁이가 덧붙였다.

44 파리 에펠탑이 있는 공원.

내가 말을 듣지 않자 그 추하게 생긴 괴물이 나를 자신의 찢어진 다리로 칭칭 감고 덩굴 같은 손으로 끌고 계단을 올랐다. 참담한 내 심정은 아랑곳하지 않고 내가 수 없는 고통을 겪었던 살롱으로, 안간힘을 써서 빠져나왔던 그 살롱으로 나를 다시 데려다 놓았다.

그러자 현기증이 다시 나를 덮쳤다. 나는 미쳐 정신착란 상태가 될 지경이었다. 다커스-캐로타가 천장까지 펄쩍 펄쩍 뛰어오르며 내게 말했다. "내가 네 머리를 돌려주기 전에 스푼으로 뇌를 다 긁어냈다, 멍청아!" 나는 처참하기 그지없었다. 그리고 내 머리통을 만져보니 뚜껑이 열려 있었기 때문에 나는 그만 기절하고 말았다.

IX. 시계를 믿지 말라

정신이 들자 검은 옷을 입은 사람들로 가득한 방이 보였다. 그들은 침울한 기색으로 고통을 나누며 서로를 위로하는 악수를 주고받고 있었다. 그들이 말했다.

"시간이 정지됐어. 앞으로 년도, 달도, 시간도 더 이상

없을 거야. 시간은 정지됐어. 우리는 지금 시간의 장례식을 치르고 있는 거야."

"시간이 늙은 것은 분명해. 그래도 이런 일이 생길 줄은 예상하지 못했어. 나이에 걸맞지 않게 시간은 건강했었잖아." 장례식에 참석한 사람 중 한 명이 말을 이었다.

나는 그가 내 친구들에게 그림을 그려주던 사람임을 알 수 있었다.

"오랫동안 영원했으니 이제 끝날 때도 됐지." 또 다른 목소리가 받았다.

"아뿔싸! 시간이 더 존재하지 않는다면 열한 시는 언제 된단 말인가?" 갑자기 떠오른 생각에 내가 외쳤다.

"그런 일은 절대 없어, 절대. 언제나 아홉 시 십오 분일 거야. 시곗바늘은 시간이 멈춰버린 그 순간에 그대로 있을 테고 너는 멈춰선 바늘을 한탄하며 바라보다가 자리로 돌아갔다 다시 확인하러 오는 짓을 발꿈치가 다 닳아 뼈가 보일 때까지 반복하게 될 거야."

다커스-캐로타가 쓰고 있던 코를 벗어 내 얼굴에 내던지고 진짜 자기의 모습을 드러내며 말했다.

그때 초인적인 힘이 나를 잡아당겼다. 엄청난 중압감에

짓눌린 나는 시계 판을 보러 사오백 년의 여행을 감행했다. 괘종시계 위에 기마 자세로 앉아 있던 다커스-캐로타가 흉측하게 인상을 찌푸렸다. 시곗바늘은 움직이지 않았다.

"네가 추를 멈췄잖아, 멍청한 놈아!" 격노한 내가 소리를 꽥 질렀다.

"아냐, 시계추는 평소처럼 움직이고 있어. 다만 이 강철 화살이 백만 분의 일도 움직이기 전에 태양이 산산이 부서져 먼지 가루가 될 거야."

"자, 침울해진 것을 보니, 내 생각엔 악령을 몰아내야 할 것 같아. 음악을 연주해보자고. 이번에 다비드의 하프를 에라르[45]의 피아노로 대치하자고." 견자가 끼어들었다.

그리고 의자에 앉더니 활기차고 명랑한 음악을 연주했다. 만드라고라 인간은 이를 무척 못마땅해하며 작고 불분명한 흐느낌을 뱉어냈다. 그리고 드디어 그가 지녔던 인간의 형상은 온데간데없이 사라지고 두 가닥의 곧은 뿌리를 지닌 선모仙茅가 되어 마룻바닥을 나뒹굴었다.

주술이 풀렸다. "할렐루야! 시간이 부활했다. 가서 괘종시계를 봐!" 아이들처럼 기쁨에 들뜬 목소리들이 들렸다.

바늘이 열한 시를 가리키고 있었다.

45 세바스티앵 에라르(Sébastien Érard, 1752-1831): 프랑스의 유명한 피아노 제작자.

"선생님, 선생님 마차가 아래 대기하고 있습니다." 하인이 내게 말했다.

꿈은 끝났다. 해시시 애호가들은 각자 자기 갈 길로, 마치 말버러[46]가 이끄는 대열 뒤를 따르는 장교들처럼 모두 떠났다. 나는 내게 수많은 고문을 가했던 계단을 가벼운 발걸음으로 내려왔다.

잠시 후 나는 현실로 가득한 내 방에 있었다. 해시시 탓에 생긴 최후의 연기들도 자취를 감췄다. 나는 '이성(뭐라 불러야 할지 몰라 적당히 칭한)'을 되찾았다. 내 통찰력은 이제 팬터마임이나 경극을 알아볼 수 있고, 운율을 맞춰 세 페이지의 산문시를 쓸 수 있을 정도까지 된 것 같았다.

46 영국의 전설적인 장군 말버러 공작 존 처칠 (John Churchill, 1st Duke of Marlborough, 1650-1722).

Le Poème du Haschisch

샤를 보들레르 Charles Baudelaire, 1821~1867

프랑스 시인.

02

해시시의 시

보들레르는 대표작 《악의 꽃》으로 외설과 신성 모독으로 기소당하기도 했다. 하지만 그의 서정시는 다음 세대인 베를렌, 랭보, 말라르메 등 상징파 시인들에게 큰 영향을 주었고 오늘날에도 프랑스의 대표적인 시인으로 높이 평가받고 있다. <해시시의 시>는 1858년 발행된 《인공낙원Les Paradis Artificiels》에 실려 있다. 이 책은 두 부분으로 나뉘어 있는데 이 <해시시의 시>(연재 당시에는 '인고의 이상에 관하여-해시시'라는 제목이었다)와 영국 작가 토머스 드 퀸시의 《어느 영국인 아편 중독자의 고백》을 불어로 번역한 글이 수록되어 있다.

젊은 시절 학생, 예술가, 온갖 다양한 사람들이 모이는 파리의 라탱 지구에서 살았던 보들레르는 와인, 압생트, 아편, 해시시 등 다양한 약물들을 경험했지만 고티에를 통해 참석하게 된 해시시 클럽에서는 관찰자로만 남았다. 1845년 이후 보들레르는 약물에 더많은 관심을 갖고, 새로운 세계의 창조, 새로운 예술의 창조에 약물이 도움이 될 수 있기를 소망했으나 결국 약물 도취가 인간의 의지를 약하게 한다고 생각했다. 특히 해시시에 관해서는 더욱 부정적이었다. 하지만 그의 《인공낙원》은 해시시에 관한 가장 뛰어난 연구로 손꼽히고 있다.

스스로를 관찰해 그 느낌을 사유할 줄 아는 사람은 호프만[1]처럼 자신의 영적인 잣대를 세울 수 있는 사람이다. 그는 자신의 사유의 관측소 안에 아름다운 계절들, 행복한 나날들, 감미로운 순간들을 기록해둔다. 인간이 한껏 젊어지고 원기 왕성해진 기분으로 잠에서 깨는 날이 있다. 눈썹을 옴짝달싹 못하게 붙여놓았던 잠을 털어내고 나면 강렬한 입체감, 또렷한 윤곽, 놀랄 만큼 풍요로운 색채로 외부 세계가 그를 엄습한다. 정신이 과거와는 다른 명료함으로 잔뜩 무장하고 자신의 광활한 전망을 펼치는 것이다.

이런 은총을 입은 사람은 자신이 훨씬 예술적이고 바르고 현명해졌다고 느낀다. 불행히도 아주 드물고 일시적인 현상이긴 하지만 한마디로 고귀해졌다고 느끼는 것이다. 나는 정신과 감각의 이런 예외적인 상태를, 짙은 암흑 속에서 그날그날을 살아가는 보통 사람들의 그것과 비교해 과장 없이 '천상의 상태'라 부른다. 그 상태의 가장 큰 특징은 뚜렷하게 설명할 수 있는 원인 때문에 생기는 게 아니란 점이다. 맑고 현명한 생활 태도의 산물일지 모른다

1 E.T.A 호프만(1776-1822): 독일 낭만주의 시대의 대표 작가.

는 생각이 잠시 머리를 스친다. 하지만 기적과도 같은 이런 경이로움은 인간과 무관한, 눈에 보이지 않는 어떤 초자연적인 힘에 의해 발생한다고 여길 수밖에 없다. 종종 인간이 자신의 신체적 능력을 한참 혹사시킨 뒤에야 그런 상태가 나타나기도 한다. 이런 경이로움을 규칙적인 기도와 열성적인 정신 수양에 대한 보답이라고 말할 수 있을까? 분명한 것은 지속적으로 고양되는 욕망, 하늘을 향해 뻗치는 고조된 감각의 힘이 놀랄 만큼 눈부신 정신 상태를 생성시키는 최적의 토양이라는 사실이다. 그러나 이 눈부신 정신은 때로는 자괴감의 탄식을 자아내게 할 만큼 난잡한 상상력 뒤에, 때로는 지나친 궤변으로 이성을 악용한 뒤에, 즉 이상한 변칙적인 묘기를 건강 체조라고 우기는 지적 궤변 뒤에 스스로 자신의 모습을 드러내지 않던가?

그래서 나는 이 특수한 정신 상태를 진정한 은총, 인간을 초대해 아름다운 모습을 스스로 비춰볼 수 있게 해주는 마법의 거울이라고 여기고 싶다. 요컨대 인간이 마땅히 그래야 하고 또 그럴 수 있는 일종의 깨어 있는 상태, 가장 이상적인 모습으로의 복원이다. 그래서 영국과 미국에 뿌리를 둔 정신 수도를 표방하는 몇몇 학파에서는 유령이나 귀신처럼 초자연적인 것들의 출몰을 인간의 정신 속에 있는 보이지 않는 실재들에 대한 기억을 일깨우려는 신의 의지 표출로 간주한다.

또 이 매혹적이고 특이한 상태에서는 모든 힘이 균형을 이루고 있어 상상력의 힘이 극대화되더라도 정신 능력을 곤경에 빠뜨리지 않기 때문에 섬세한 감수성이 병든 신경(종종 사람들을 범죄와 절망으로 몰아넣곤 하는)에 고문당하지 않는다. 게다가 이 경이로운 상태는 전조도 없다. 그것은 유령처럼 예측 불가능하다. 일종의 강박이지만 간헐적인 강박이고, 만약 우리가 현명하게 경이로운 존재에 대한 확신과 의지를 갖고 매일같이 훈련을 한다면 그런 존재가 될 수 있다는 희망을 갖게 하는 강박인 것이다. 이런 빛나는 사고, 열정적인 감각과 정신이 시대를 불문하고 인간에게 주어지는 최고의 은총으로 보이는 것은 자명한 사실이다. 그래서 사람들은 관습 헌법을 거침없이 위반하면서까지 즉흥적인 육체적 쾌락을 추구해왔다. 물리학, 약학, 가장 지독한 증류주, 가장 예민한 향수, 모든 수단을 이용해 모든 지역, 모든 시대 속에서 단지 몇 시간만이라도 자신의 진흙 구덩이로부터('나사로' 작가[2]의 말처럼 '한순간에

2 오페라 〈라보엠〉의 원작인 《보헤미안 삶의 전경》을 쓴 프랑스 작가 앙리 뮈르제(Henri Murger, 1822~1861)를 뜻한다.

천국을 쟁취하기 위해') 도망칠 수 있는 방법을 모색했다. 아 슬프도다! 사람들이 두려워하는 인간의 악덕은 실로 초월을 향한 인간의 동경을 반증하는 것이다. 자꾸만 길을 잃고 헤매는 건 초월을 추구하는 방법일 뿐이다. 우리가 흔히 알고 있는 '모든 길은 로마로 통한다'란 속담의 은유적인 뜻은 우리의 정신 세계에도 적용될 수 있다.

모든 것은 보상과 징벌, 두 양극으로 통한다. 인간의 정신은 열정으로 꽉 차 있다. 흔히 쓰는 말처럼 '불타는 열정'. 하지만 타락한 채로 태어나서 자비와 온갖 미덕을 기웃거리던 불행한 영혼은 역설적이게도 압도적인 열정의 힘 앞에서 목적지를 바꿔버리고 만다. 그는 자신을 전부 잃을 수도 있다는 것을 생각지 못한다. 지나친 자만심에 빠져 상대가 자신보다 교활하고 강하다는 사실을 깜빡한다. 악령에게 한 올의 머리카락을 받친 사람은 곧 머리 전체를 받쳐야 한다는 사실을 모른다. 이 단순한 본능의 주인(나는 인간에 대해 말하고 있다)은 마치 단단한 가구와 실재 정원 대신 액자 속의 그림들로 현실을 대치하려는 정신 나간 사람처럼 약물, 발효시킨 음료를 통해 천국을 창조하려고 한다. 나는 모든 과도한 죄의식의 원인이 초월을 향한 감각의 퇴

행에서 비롯된다고 생각한다.

처음에는 극도의 고독과 집중을 요하는 문학인들이 육체적 고통을 완화하기 위해 어쩔 수 없이 아편을 찾았으나 거기서 병적인 기쁨을 찾고, 유일한 건강식품처럼 여기다 이윽고 아편을 정신적인 삶의 태양으로까지 보게 되는 것이다. 형편없는 변두리 노동자들처럼 술주정까지 하면서 영감과 명예로 가득한 뇌를 가진 그들이 길거리 쓰레기 속에 나뒹구는 신세가 되어버리는 이유가 바로 그것이다.

약물 중에 순간적으로 과도한 육체적 흥분을 유발하고 정신적 힘을 고갈시키는 주류와는 다르게 향이 진하고 인간의 가장 예민한 상상력을 자극하면서 점진적으로 육체적인 힘을 소진시키는, 내가 '인공낙원'이라고 부르는 것을 창조하는 데 가장 적합하고 가장 간편하고 구하기 쉬운 최상의 물질은 해시시와 아편이라고 생각한다. 이 글에서는 두 약물이 유발하는 병적인 환희와 신비한 효과를 분석하고 이를 지속적으로 이용하면서 받게 될 징벌, 마지막으로 그릇된 이상을 좇는 것과 관련된 불멸성 등을 다루고자 한다.

아편에 대한 연구는 이미 뛰어나게 의학적인 동시에

시적으로 다뤄져 있어 내가 감히 거기에 덧붙일 게 없다. 그래서 프랑스에 완역된 적이 없는 그 놀라운 책에 대한 분석 글을 싣는 걸로 만족할 것이다. 지금은 은퇴해서 조용히 지내고 있는(힘 있고, 빛나는 상상력의 소유자인) 저자[3]는 비극적일 만큼 순수함으로 예전에 자신이 아편에서 발견한 기쁨과 고통을 바탕으로 대단한 작품을 썼다. 그의 책 중 가장 비극적인 부분은 자신의 부주의로 스스로 빠지게 된 저주에서 벗어나기 위해 초인적인 의지를 보이는 대목이다.

오늘 나는 해시시에 대해서만 이야기하겠다. 오랜 기간 동안 해시시를 접해본 지식인들의 고백과 기록에서 발췌한 수많은 정보를 바탕으로 해시시에 대한 이야기를 할 것이다. 그리고 그 다양한 자료를 일종의 모노그래프 형식으로, 그 본질을 체험하는 데 설명하기 쉽고 정의하기 쉬운, 이런 실험에 적합한 형식을 골라서 꾸려볼까 한다.

3 《어느 영국인 아편 중독자의 고백》을 쓴 토머스 드 퀸시 (Thomas de Quincey, 1785-1859).

마르코 폴로의 이야기는 다른 몇몇 여행가들의 이야기와 마찬가지로 부당하게 사람들의 조롱을 받았지만 학자들에 의해 진실성이 밝혀지면서 신뢰를 얻게 되었다. 나는 폴로의 뒤를 이어 어떻게 '산의 노인'이 자신의 젊은 추종자들을 해시시(해시시 애호가haschischins 혹은 암살자assasins란 단어의 어원)로 취하게 한 뒤 천국을 보여주고 그 보답으로 어떤 의혹도 없는 절대복종을 얻어냈는지 거론하진 않겠다. 독자들은 비밀스런 해시시 애호가 협회와 연관된 M. 드 아메르의 저서와 실베스트르 드 사시의 <아름다운 편지들을 수록한 아카데미 보고서> 16권에 실린 내용과 해시시의 어원인 암살자를 다룬 1809년 잡지 <모니터> 359호에 실린 그의 편지를 참고할 수도 있다.

헤로도토스Herodotos[4]는 스키타이Scythai[5]인들이 대마씨를 모아놓고는 불로 벌겋게 달군 돌을 그 위에 던졌다고 전하고 있다. 그들에게 그것은 그리스의 증기탕보다 훨씬 훌륭한 향의 증기를 뿜는 탕이었던 셈이다. 그 증기 향이 주는 희열이 무척 강해 그들은 기쁨의 비명을 질러댔

4 그리스의 역사가(BC 484년-BC 425년 추정).

5 기원전 흑해 지방의 초원 지대에서 활동한 유목민족.

다고 한다.

해시시는 동양에서 우리에게 전해졌다. 대마의 환각적인 속성은 고대 이집트에서는 공공연한 비밀이었다. 해시시는 다양한 이름으로 인도, 알제리, 예멘에서 이용되고 있었다. 하지만 우리 가까이에서도 이 식물이 유발하는 환각에 대한 흥미진진한 자료들을 만날 수 있다. 베어놓은 개자리 더미에서 놀거나 뒹굴고 난 후에 아이들이 묘한 현기증을 느낀다는 것은 들먹일 필요도 없고, 대마 수확을 할 때 남녀 일꾼들이 이와 유사한 경험을 겪는다는 것을 우리는 안다. 수확할 때 대마에서 풍기는 독기가 심술궂게 일꾼들의 뇌를 흔들어놓는 것이다. 이들의 머리는 소용돌이치며 때때로 몽상으로 가득 찬다. 이따금 사지가 무기력해져 일을 할 수 없게 되기도 한다. 우리는 러시아 농부들이 꽤 자주 몽유병에 시달린다는 말을 들은 적이 있는데 그 이유가 음식할 때 대마 기름을 사용하기 때문이라고 한다. 닭들이 대마 씨를 먹고 이상한 짓을 하고 말들이 광적으로 날뛰거나 농부들이 결혼식이나 수호성인 축제 때 가끔 포도주에 소량의 대마를 타서 마을 경기를 준비한다는 것을 모르는 사람이 있을까?

하지만 프랑스산 대마는 해시시로는 적합하지 않다. 적어도 그동안의 경험에 의하면 해시시와 대등한 힘이 있는 약물로 만들기에는 부적합하다. 해시시 혹은 칸나비스 인디카cannabis indica, 인도산 대마라 불리는 이것은 쐐기풀과에 속하는 식물이며 프랑스 대마와 그 모양은 비슷하지만 크기가 작다. 놀라운 환각 성분을 함유하고 있어 몇 년 전부터 프랑스에서 학자들과 사교계 인사들의 관심을 끌고 있다. 물론 이집트, 콘스탄티노플, 페르시아, 알제리산들도 성분은 같았지만 효능이 조금 약했다.

해시시(혹은 허브, 보통 아랍인들은 육체적으로 쾌락을 주는 성분을 통틀어 한마디로 허브로 불렀다)는 배합 비율과 나라마다 다른 제조 방식에 따라 다양한 이름(인도에서는 방지bangie, 아프리카에서는 테리아키teriaki, 알제리와 예멘에서는 마준드magjound 등)으로 불렸다. 또 수확하는 시기에 따라 달라지는데 꽃이 필 때 가장 약효가 세다. 이 꽃 봉우리로 다양한 제조를 하는데 거기에 대해 몇 마디 덧붙여 설명해 보겠다.

아랍인들이 만드는 지방 추출물은 신선한 식물의 끝단을 버터에다 약간의 물을 넣고 끓여서 얻어내는 것이다.

이어 습기를 완전히 제거하는 건조 작업을 거쳐 누렇고 푸른색을 띤 포마드같이 생긴 제조품이 얻어지는데 불쾌한 해시시 냄새와 상한 버터 냄새가 그대로 배어 있다. 사람들은 이를 2에서 4그램씩 작은 알약으로 만들어 복용하는데 시간이 갈수록 지독해지는 냄새 탓에 아랍인들은 이 농축액을 잼처럼 만들어 보관한다.

가장 흔한 방식이 다와메스크Dawamesk인데 기름진 해시시와 설탕, 다양한 향신료 즉 바닐라, 계피, 은행, 아몬드, 사향 등을 사용한다. 간혹 보통 해시시의 효능과는 전혀 다른 것을 만들 목적으로 잼에다 발포제를 첨가하는 일도 있다. 잼 형태로 만든 해시시는 불쾌감이 전혀 없어 15, 20, 30그램의 양을 먹기 좋게 빵이나 커피 속에 넣어 먹을 수 있다.

해시시의 핵심 작용을 밝혀낼 목적으로 실험에 참여한 스미스, 가스티넬, 데쿠르티브 등의 부단한 노력에도 불구하고 해시시의 화학적 성분은 거의 밝혀지지 않았다. 하지만 사람들은 해시시 성분의 대략 10퍼센트를 차지하는 어떤 송진 성분이 그 효과를 만든다고 여긴다. 그 송진을 얻기 위해 말린 식물을 거친 분말로 만들고 이를 알코올로 여러 번 씻어 증류한 다음 송진 부분을 추출해 추출물이 단단해질 때까지 건조시킨 후 물을 이용해 이상하게 생긴 이 끈끈한 물질을 용해시키면 순수한 상태의 송진이 남게 되는 것이다.

물렁물렁하고 진한 녹색을 띤 그 물질은 해시시 특유의 지독한 냄새를 풍긴다. 5, 10, 15그램만으로도 깜짝 놀랄 효과를 보기에 충분하다. 하지만 송진 해시시(다와메스크나 지방 추출물처럼 초콜릿 덩어리나 생강을 넣은 작은 알약으로 만들어 먹을 수 있다)는 개인의 기질과 과민성에 따라 그 강도와 효과가 다양하다. 게다가 같은 사람에게 다른 효과가 나타날 때도 있다. 때로는 통제할 수 없는 극도의 쾌활함을, 때로는 행복하고 충만한 느낌을 또 다른 때는 잠자며 꿈을 꾸는 것과 비슷한 느낌을 준다. 그런 가운데 공통된 현상, 특히 기질과 교육 수준이 비슷한 사람들한테 동일하게 일어나는 현상이 있다. 다양함 속에 공통점이 있는 것이다. 이 때문에 내가 아까 말한 해시시 도취성에 대한 모노그래피 작성이 가능해졌다.

콘스탄티노플, 알제리 그리고 프랑스에서조차 해시시에 담배를 섞어 피우는 사람들이 있는데 그러면 문제의 환각 증세는 극히 미미하거나 거의 없다고 해도 과언이 아니다. 나는 최근 새로운 증류법으로 여태껏 제조한 그 어떤 것보다 강력한 효력을 지닌 원액 농축액을 해시시에서 추출했다는 말을 들었다. 하지만 이는 충분히 검토가 되지 않았기 때문에 내가 그 효과에 대해 거론하는 것은 무리가 있다. 차, 커피 또는 알코올을 첨가해 많든 적든 신비한 도취의 발현을 가속시킨다면 이를 일반화할 수도 있지 않겠는가?

III. 세라핌Seraphim[6] 연극

사람들은 무얼 느끼는 것일까? 무얼 보는 것일까? 경이로운 것? 놀라운 광경? 그것은 아름다울까? 아니면 끔찍할까? 아니면 위험할까? 이런 것들이 해시시에 무지한 사람들이 우려와 호기심으로 애호가들에게 묻는 일반적인 질문이다. 예컨대 궁금해서 호기심에 안달하는 아이들 같은, 또 자신들이 사는 곳을 한 번도 벗어나 본 적이 없는 사람들이 낯설고 먼 타국에서 귀국한 사람 앞에서 같은

6 천사 9계급 중 최고 계급의 천사.

행동들을 한다. 그들은 해시시에 취한 상태를 신비한 환상과 마법이 펼쳐지는 거대한 무대, 마치 모든 것이 기적 같은 경이로운 나라로 여긴다. 이는 선입견이고 엉뚱한 오해이다. 대부분의 독자와 질문자들에게 해시시란 단어는 이상하고 전복적인 세계와 놀라운 꿈(사람들 생각처럼 그렇게 자주 발생하지도 않는 환각)에 대한 기대를 주기 때문에 나는 지금 당장 해시시의 효과와 꿈의 현상을 구분하는 중요한 차이를 피력할 참이다.

우리가 매일 밤 하는 모험 가득한 여행인 꿈에는 긍정적이고 경이로운 뭔가가 있다. 정확하게 밤마다 반복되는 경이로움이라서 그 신비함이 떨어진다. 인간의 꿈은 두 종류가 있다. 하나는 일상의 삶, 강박, 욕망, 악의로 가득한, 낮 동안에 본 사물들이 이미 거대한 기억의 그물 속에 각인되어 있던 것들과 나름의 방식으로 결합한 것이다. 이는 자연발생적인 꿈이다.

하지만 다른 종류의 꿈이 있다. 부조리하고 불가사의하고 꿈꾸는 사람의 성격, 삶, 열정과 하등의 관계도 없고 연결도 되지 않는 꿈! 내가 앞으로 상형문자라 지칭할 이 꿈은 분명히 삶의 초자연적인 면을 구현한다. 분명히 그 부조리함 때문에 고대인들은 꿈을 신성하게 여겼다. 합리적으로 설명할 수 없기 때문에 그들은 인간 외적인 것에서 그 이유를 찾았다. 오늘날도 꿈 연구가들은 말할 것도 없고 꿈에서 때로는 비난을 때로는 경고를 읽어내는 철학 학파도 존재한다. 요컨대 꿈꾸는 인간의 정신 자체가 상징적이고 윤리적인 그림을 낳는 것이다. 그 그림이 우리가 연구해야 할 사전이고, 현자만이 그 이해의 열쇠를 얻을 수 있는 하나의 언어이다.

해시시의 도취 속에는 꿈의 현상과 유사한 것이 하나도 없다. 우리는 자연적인 꿈에 속하는 범위만을 다룰 것이다. 사실 도취 상태가 지속되는 동안은 시시각각 발생하는 강렬한 환상들 때문에 거대한 꿈을 꾸는 것과 전혀 다를 게 없다. 하지만 그것은 항상 개인적 특색을 띠고 있다. 인간은 꿈을 원했고 꿈은 인간을 지배하게 된 것이다. 물론 이런 꿈은 또 하나의 자신일 뿐이다. 할 일 없는 한량이 자신의 삶과 정신 속에 인위적으로 초자연적인 힘을 끌어들인다. 하지만 자신에게 기대하지 않은 에너지가 생겼다 하더라도 그는 결국 같은 인간, 즉 몇 배로 힘만 커진 변함없는 그 자신일 뿐이다. 그는 정복당한 것이다. 불행하게도 스스로에게 정복당했다. 이를테면 자신을 이미 지배하고 있던 자신의 일부에게 먹힌 꼴이 된 셈이다. 천사가 되려다 순간적으로 엄청난 힘을 발휘하는 짐승이 되었다. 극도로 예민하지만 조절이나 활용이 불가능한 감수성을 얻고 만 것이다.

특별한 기쁨을 맛보기 위해 해시시에 호기심을 보이는 사교계 인사들이든 해시시에 무지한 사람이든 명심해야 할 게 있다. 해시시에서 얻을 수 있는 것은 자연적인(때론 너무 과하기도 하지만) 것이지 어떤 기적이 아니다. 해시시의 영향을 받은 뇌나 신체기관의 에너지가 몇 배로 상승하는 것은 사실이지만 여느 때와 마찬가지로 개개인의 본질에 충실할 뿐이다. 인간은 숙명적인 자신의 육체적, 정신적 기질에서 벗어나지 못할 것이다. 해시시는 인간에게 일상적인 감각과 생각을 확장시켜 주는 거울이지만 그래도 어디까지나 거울이다.

여기 당신 앞에 마약이 있다. 호두알 크기만 한 독특한 냄새를 풍기는 초록색 잼이 있다. 구토나 멀미를 일으킬 것 같은 이상한 냄새가 나는 잼. 사실 좋은 향도 최대한 농축하여 농도를 아주 짙게 하면 지독한 냄새가 나기 마련이다.

하지만 나는 거꾸로 생각해봤다. 아주 혐오스럽고, 매스꺼운 향이라도 극히 소량으로 농축하면 쾌감이 된다는 것을 깨달은 것이다. 그래 이게 행복이다! 티스푼 하나의 행복! 온갖 도취, 광기, 유치함이 동반되는 행복! 당신은 두려워 말고 삼켜라. 그걸 먹는다고 죽지는 않는다. 당신의 신체기관은 그 어떤 타격도 입지 않는다.

후에 이 주술에 지나치게 의존하다 의지력이 약해지거나 혹은 지금의 당신보다 조금 비윤리적이 될 수는 있다. 하지만 징벌은 까마득하게 멀지 않은가! 아직 확실하지도 않은 미래의 재앙 따위가 대수인가! 당신이 감수해야 할 것은 다음 날 신경이 조금 피곤하다는 것말곤 없지 않을까? 게다가 당신은 더 보잘것없는 보상에도 더 큰 징벌의 위험을 무릅쓰며 살고 있지 않은가! 그렇다면 됐다. 약효를 더 증가시키기 위해 당신에게 맞는 복용량을 블랙커피 속에 타기까지 했다. '독약'이 자유롭게 퍼질 수 있도록 제대로 된 저녁 식사는 아홉 시나 열 시로 미루고 공복 상태에서 약을 복용한 뒤 한두 시간 지나서 가벼운 스프만 먹는다.

이제 당신은 이 이상하고 긴 여행을 떠날 준비가 됐다.

뱃고동이 울리고 돛이 방향을 잡았다. 당신은 다른 여행자들과는 달리 행선지를 모른다는 특권을 지녔다. 당신이 원한 것이다. 이 숙명에 행운이 함께하기를!

나는 당신이 이 모험적인 탐험을 시작할 시간을 조심스럽게 선택했다고 생각한다. 모든 완벽한 일탈은 완벽한 여가를 필요로 한다. 게다가 당신은 해시시가 인간만 과장하는 것이 아니라 상황이나 환경 또한 과장한다는 것을 알고 있다. 요컨대 당신은 세밀하고 정확하게 마무리지어야 할 일이 없어야 한다. 가족에 대한 걱정이나 사랑에 대한 고민도 없어야 한다. 이런 것들을 조심해야 한다. 이런 슬픔과 근심, 당신의 의지와 관심을 필요로 하는 것들에 대한 순간적인 걱정이 장례식 종소리처럼 당신의 도취를 가로질러 흥을 깨버린다. 근심은 번뇌가 되고, 슬픔은 고문이 될 것이다. 미리 점검한 이 모든 여건에 화창한 날씨, 게다가 전원적인 경관이나 시적으로 장식된 아파트같이 멋진 장소와 또 약간의 음악이 있다면 최상이라 하겠다.

보통 해시시의 도취 상태는 세 단계로 확연히 구분되는데 초보자들에게 나타나는 첫 단계 증상이 독특하다.

당신은 해시시의 놀라운 효과에 대해 막연하게 떠드는 소리를 들었다. 그리고 뭔가 환상적인 도취를 맛볼 수 있으리란 생각이 당신의 마음속에 각인되어 있다. 실제 당신의 희망처럼 효과가 정말 대단한지 확인하는 데 시간이 좀 걸린다. 하지만 초보자의 이런 불안이 독이 침투해 정복하기 좋은 상태를 불러온다. 이들 대부분은 첫 단계에서 효과가 늦다고 불평한다. 그들은 어린애같이 조바심을 내며 기대한 것처럼 신속한 효과가 없다고, 믿을 수 없다고 소란을 피운다. 하지만 해시시가 어떻게 작용하는지 잘 알고 있는 선수들에게 이들의 이런 행동은 가소로울 뿐이다. 첫 단계는 폭풍 전야처럼 고요하다. 그렇게 의심하는 중에 갑자기 나타나 배로 세진다. 맨 먼저 당신을 흔드는 것은 통제할 수 없는 괴상한 폭소다. 창피할 정도로 이유 없는 발작적인 폭소에 아무리 스스로를 자제하려 해도 빈번하게 혼미한 상태가 되곤 한다.

단순한 말이나 아주 사소한 생각이 야릇하고 새로운 형태로 나타난다. 당신은 '왜 여태껏 내가 이렇게 단순하게 보았을까' 하고 놀라기까지 한다. 당신의 뇌는 엉뚱하고, 예측 불가능한 방식으로 닮은 것들을 찾아내고 쉼 없는 말장난을 뿜어내고 코믹한 스케치들을 그려낸다. 악마가 당신을 차지한 것이다. 간지럼처럼 참기 힘든 이 고통스러운 쾌활함에 저항할 필요는 없다. 때때로 당신은 바보짓 하는 자신, 광기에 사로잡힌 스스로를 비웃기도 한다. 만약 곁에 친구들이 있으면 그들의 상태 또한 조롱할 것이다. 하지만 악의는 없기 때문에 당신을 원망하진 않는다.

그 쾌활함은 점차 활기를 잃거나 괴로움으로 변한다. 이 불편함, 불안정한 상태는 잠깐일 뿐이다. 곧이어 사고 간의 유기적 연결, 미세한 단상들을 이어주는 이야기의 흐름이 너무 모호해져서 당신의 공모자들만 이해할 수 있다. 물론 이 점에 관해서 확인할 방법은 전혀 없다. 어쩌면 공모자들은 당신을 이해한다고 단지 믿었을 뿐이며 이 착각은 서로 상호적이다. 당신이 보이는 익살, 폭발하는 웃음은 당신과 같은 상태에 있지 않는 다른 사람들에게는 진짜 광기 아니면 편집증 환자의 미친 짓으로 비칠 게 뻔하다. 마찬가지로 취하지 않은 신중한 관찰자의 정상적인 생각과 상식, 지혜가 당신 눈에는 마치 특이한 광기처럼 즐겁고 재미있다. 같은 상태에 있지 않고서는 결코 이해할 수 없는 쾌활함에 빠져 배꼽 잡는 사람처럼 웃기고 황당한 상황이 있겠는가? 미친 사람이 현명한 사람을 가엾게 여기기 시작하고 그때부터 지성의 지평에 우월함이 생기기 시작한다. 곧이어 그 우월감은 커지고 확대되어 유성처럼 산산이 부서지게 될 것이다.

나는 이런 극단적인 장면을 목격했다. 이 그로테스크한 장면은 이미 다른 사람의 관찰을 통해 해시시의 효과를 알고 있고, 또 비슷한 지적 능력을 가진 사람들에게도 그 효과가 엄청 다른 진폭으로 나타난다는 것을 알고 있어야만 이해할 수 있다. 해시시의 특성을 모를 뿐만 아니라 어쩌면 전혀 들어본 적도 없는 한 저명한 음악인이 클럽에 끼게 됐다. 벌써 클럽 멤버 여럿이 해시시를 한 상태였다. 사람들이 그에게 해시시의 놀라운 효과를 얘기했다. 신기한 얘기를 들은 그는 공손하게 웃으며 재미 삼아 몇 분간 지켜보겠다고 했다. 약발에 예민해진 복용자들은 금세 그의 경멸감을 눈치챘다. 그리고 그들의 폭소에 그는 상처를 받았다.

그 폭소들, 말장난들, 일그러진 표정들, 단정치 못한 모든 분위기에 화가 난 그는 "예술가들의 이런 식 충전은 좋은 게 아니다. 그저 당신들을 소모시키는 것뿐이다"라는 말을 내뱉고 만다. 그의 코미디가 다른 사람의 정신을 번갯불처럼 때린다. 그들은 더 즐거워한다.

그가 "당신들한테는 좋을지 몰라도 나한테는 그렇지 않소"라고 재차 못 박는다.

"우리한테 좋으면 좋은 것이요." 복용자 중 한 명이 이기적으로 응수한다.

정말 미친 사람들이거나 혹은 미친 사람을 흉내 내는 인간들과 함께 있다는 것을 간파한 그는 이 자리를 뜨는 게 상책이란 현명한 생각을 하게 된다. 하지만 누군가 문을 잠그고 열쇠를 숨긴다. 또 다른 사람이 그의 앞에 무릎을 꿇고 클럽 이름을 걸고 눈물로 사죄한다. 모든 이들이 그에게 깊은 우정을 느끼고 있노라고 선언한다. 해시시 중독자들이 멀쩡한 그에게 보이는 동정심일 수도 있다. 그는 마지못해 그곳에 머문다. 음악을 좀 연주해달라는 간청에 응하기까지 한다.

하지만 바이올린 소리가 아파트에 새로운 전염병처럼 울려 퍼지면서 이 사람 저 사람의 마음을 홀린다('홀린다'라는 말이 지나치지 않다). 목 쉰 깊은 한숨, 갑작스런 흐느낌, 말없이 흐르는 눈물이 바다를 이룬다. 겁먹은 음악가가 연주를 멈추고 음악가의 은총에 가장 큰 반응을 보이는 사람한테 다가가 많이 불편한지, 어떻게 도와줘야 할지를 묻는다. 멤버 중 상황 판단이 빠른 사람이 신맛이 나는 레모네이드를 건넨다. 하지만 환자는 흥분한 눈으로 그들 둘을 바라보며 형용하기 힘든 경멸감을 내비친다. 마치 '삶의 생명력이 넘쳐서, 환희가 넘쳐서 아픈 사람을 치료해주겠다고?'라고 외치는 듯하다.

이 일화에서 볼 수 있듯 호의가 해시시로 인해 생겨난 감정들 중 꽤 중요한 자리를 차지한다. 느슨해진 신경에서 오는 부드럽고, 여유롭고, 고요한 호의이다. 이를 뒷받침해줄 사례가 있다. 도취 상태에서 자신이 겪었던 경험을 내게 털어놓은 사람이 있다. 그는 자신이 느낀 감정을 생생하게 기억하고 있어 나는 방금 전 거론했던 감정의 진폭 차이가 그를 얼마나 괴상하고 빠져나오기 힘든 상황에 빠뜨렸는지 충분히 이해할 수 있었다. 그가 첫 경험이라고 했는지 두 번째라 했는지는 기억이 나지 않는다. 그가 한 번에 먹은 양이 과했을까, 아니면 이렇다 할 뚜렷한 이유도 없이 해시시가 지나치게 강한 효과를 보인 것일까? (이런 일은 종종 발생한다.) 그가 희열의 정점에서 삶을 생명력으로, 천재적인 영감으로 가득하다고 느끼고 있을 때 무섭고 불길한 생각이 떠올랐다고 한다.

처음에 그는 자신의 아름다운 감각에 심취했지만 금세 기겁했다. 자신의 초자연적인 상태가, 영혼의 눈이 갑자기 얻게 된 확장된 능력의 상태가 지속된다면 자신의 지능과 신체기관은 어떻게 될지 자문해보았다고 한다. 그가 입을 열었다.

"나는 마치 깊은 심연으로 내달리고 있는, 멈추고 싶지만 멈출 수 없는 흥분한 말 같았습니다. 사실 끔찍한 질주였습니다. 모든 '우발'적인 상황과 환경, 사고의 노예로 전락한 내 사고력이 순수하고 절대적인 광시곡에 휘둘리는 꼴이었습니다. "돌이키기에는 너무 늦었어!"라고 나는 절규했습니다. 실상은 잠깐이지만 끝나지 않을 것처럼 지속되는 이 시간이 지나고 나는 지복至福, 동양인들이 그렇게 소중하게 생각하는 은혜로움을 느낄 수 있으리라 믿었습니다. 한데 새로운 불행이 닥쳤습니다. 사소하고 유치한 새로운 근심거리가 나를 짓밟기 시작한 겁니다. 점잖은 사람들이 모이는 저녁 파티에 초대받은 것이 갑자기 기억났습니다. 각자 자신의 주인으로 스스로를 컨트롤하는 상식적이고 신중한 사람들 사이에 있는 내가 보였습니다. 수많은 등들이 켜진 조명 아래서 나는 내 상태를 조심스럽게 감출 수밖에 없었습니다. 그렇게 할 수 있을 것 같았습니다. 하지만 그러기 위해선 엄청난 의지력이 필요하단 생각이 들자 거의 맥이 확 풀리더군요.

무슨 맥락인지는 모르지만 '죄 짓게 하는 이에게 불행이 닥치리라!'라는 복음서의 한 구절이 불현듯 떠올랐고 지우려 하면 할수록 끊임없이 머릿속에서 그 말이 울렸습니다. 내 불행이, 그것은 진짜 불행이었습니다, 엄청 커져버렸습니다. 나는 용기를 내어 약해진 몸을 끌고 약사를 찾아갔습니다. 왜냐하면 맑은 정신으로 업무가 기다리고 있는 세상으로 돌아가고 싶었기 때문이었습니다.

그런데 약국 문턱을 넘어서다 언뜻 떠오른 생각에 나는 그 자리에 멈춰서 고민에 빠졌습니다. 방금 약국 유리문 앞을 지날 때 비친 내 얼굴에 내가 놀란 겁니다. 오그라든 입술, 확장된 눈, 그 창백한 얼굴! '내 미친 것 같은 모습에 저 착한 약사가 겁을 먹겠지!'하는 생각이 들었습니다. 게다가 숨기고 싶은 우스꽝스런 내 감정, 즉 약국에서 다른 사람과 맞닥뜨릴까봐 겁먹은 모습을 상상해보세요. 하지만 낯선 약사에 대한 나의 이런 호의가 다른 모든 감정을 지배해버렸습니다. 이 끔찍한 순간에 나는 그도 나처럼 예민할 거라고 간주했습니다. 그의 귀와 영혼이 나처럼 최소한의 소음에도 흔들릴 거란 확신으로 나는 까치발로 약국에 들어갔습니다. 나한테 자비심을 베풀 사람한테 가능한 최대로 조신하게 행동해야겠다고 생각했습니다. 이어 나는 발소리처럼 목소리도 죽였습니다. 아실 겁니다. 해시시를 복용한 사람의 묵직하고 깊고 그르렁거리는 목소리를. 습관적인 아편 중독자의 목소리와 비슷합니다.

결국 내가 바라던 것과 정반대 결과가 벌어졌습니다. 약사를 안심시키려 했는데 겁먹게 하고 말았습니다. 그는 내 병이 무슨 병인지 듣지도 보지도 못했다고 했습니다. 나를 무척 경계하면서도 호기심 어린 눈으로 쳐다봤습니다. '저자는 나를 미친 사람 또는 건달 아니면 거지로 알까?' 물론 이것도 저것도 아니겠지만 내 머릿속에서 별의별 생각이 다 들었습니다. 나는 하는 수 없이 그에게 대마 잼이 무엇이고, 어디에 사용되며, 위험은 없으니 그렇게 경계할 필요가 없다는 말을 반복하며 장황하게 설명했습니다. 정말 맥 빠지더군요! 그러고 나서 당신을 괴롭혀서 미안하지만 빈번하게 일어나는 이 심한 조증을 진정시킬 수 있는 약을 달라며 체면도 무시한 채 애원했지만 그는 제발 나가 달라고 했습니다. 내가 과도하게 베푼 자비와 친절의 대가가 고작 이거였습니다. 나는 저녁 파티장으로 되돌아갔고 문제 삼는 사람은 아무도 없었습니다. 다른 사람과 똑같이 보이기 위해 내가 해야 했던 초인적인 노력을 누가 알겠습니까. 하지만 나는 결코 의무감에 옥죄이고 지켜야할 예의범절 때문에 안달했던, 최고의 시적인 도취감 속에서 느꼈던 그 고문을 결코 잊지 못할 것입니다!"

상상력이 빚어내는 모든 고통에 당연히 호의적인 나였지만 이 이야기를 듣는 동안 웃음을 참을 수가 없었다. 내게 이 이야기를 해준 사람은 해시시를 끊지 못했다. 그는 자신을 위한 쾌감을 얻어내는 데 이 저주스런 잼에 지속적으로 의존했다. 하지만 신중하고 행실 바른 상류층이었던 그 사람은 양을 줄여가며 자주 복용했고 자신의 주식이 되어버린 썩은 과일, 이 잼을 좋아하게 됐다.

다시 일정한 단계로 진행되는 도취 상태에 대해 설명하겠다. 쾌활함이 나타나는 유치한 첫 단계가 지나면 일시적인 평온이 찾아온다. 하지만 곧이어 심한 냉기(어떤 이들은 극심한 추위를 느낀다)와 팔다리가 풀리는 등 새로운 증상들이 나타난다. 당신의 손이 버터처럼 느껴지고, 심하게 당황한 당신의 머리는 멍해지고 온몸이 마비된다. 눈은 극도의 흥분으로 머리에서 튀어나와 사방팔방으로 잡아당겨지는 듯하다. 얼굴은 심하게 창백하고 오그라들어 입 속으로 말려들어간 것 같은 입술은 마치 엄청난 프로젝트를 앞둔 야심만만한 사람이 숱한 생각에 짓눌려 심호흡을 하는 것처럼 움직인다. 목구멍이 꽉 막힌 듯하다. 입천장이 바싹바싹 타들어가 만약에 이 극도의 나른함이 즐길 만하지 않았다면 그리고 조금이라도 몸을 움직일 수 있었다면 갈증을 해소할 가장 달콤한 방법을 찾았을 것이다. 거칠고 깊은 한숨이 당신의 가슴에서 터져 나온다. 마치 당신의 낡은 몸이 새로운 영혼의 활동과 욕망을 견딜 수 없어 하는 것 같다. 간혹 경련이 일어나 자신도 모르게 몸을 떤다. 힘든 하루 일과가 끝난 뒤 혹은 천둥 번개가 요란한 밤에 겨우 잠든 사람처럼 경련을 일으킨다.

더 나가기 전에 내가 위에서 거론한 냉기 같은 이런 육체적인 증상은 개인에 따라 굉장히 다양하게 나타난다는 이야기를 하고 싶다. 이번엔 어떤 문인의 이야기이다. 내 추측이지만 그의 이야기 중에 군데군데 작가다운 기질을 엿볼 수 있는 구절들을 찾아낼 수 있을 것이다. 그는 이렇게 말했다.

"나는 지방덩이 해시시 소량을 복용했습니다. 모든 것이 좋았습니다. 병적인 쾌활함의 발작은 잠깐이었습니다. 나는 행복감과 거의 유사한 나른한 상태에 있었습니다. 나는 조용하고 근심 걱정 없는 한가한 저녁 시간을 보낼 참이었습니다. 한데 불행히도 예기치 않게 어떤 사람과 공연장에 동행해야 하는 상황이 발생했습니다. 결국 나는 나른하게 꼼짝도 하기 싫은 욕망을 철저히 숨기고 길을 나섰습니다. 내가 사는 구역에서 빈 차를 찾지 못해 체념하고 걸을 수밖에 없었지요. 시끄러운 차 소리와 행인들의 멍청한 대화, 온갖 사소한 것들로 가득한 대양을 가로질렀습니다. 그때 가벼운 냉기가 손끝을 타고 전해지더니 곧 마치 두 손을 얼음물에 담그고 있는 것처럼 심한 추위로 변했습니다. 그러나 그것은 고통이 아니었습니다. 살을 찌르는 듯한 그 냉기는 오히려 육체적 쾌감처럼 내 몸속에 스며들었습니다.

그러나 끝이 보이지 않는 길을 걸으면 걸을수록 냉기

가 점점 더 강렬하게 파고든다는 생각이 들었습니다. 나는 같이 걷고 있는 사람에게 두세 번, 실제로 날씨가 추운지 물어봤습니다. 그는 오히려 더울 지경이라고 했습니다. 어쨌든 우여곡절 끝에 극장에 도착해서 지정된 좌석에 틀어박힌 나는 앞으로 서너 시간은 휴식을 취할 수 있겠다 생각했습니다. 마치 약속의 땅에 도착한 듯한 기분이었습니다. 간신히 남은 작은 힘으로 오는 내내 꾹꾹 누르고 있던 감정들이 폭발했습니다. 이 소리 없는 광기에 나는 몸을 맡겼습니다.

나는 냉기가 한층 심해지는데 가벼운 옷차림을 한 사람들, 지친 기색으로 이마에 땀을 훔치는 사람들이 보였습니다. 내가 이 여름 공연장에서 유일하게 추위를 느끼는 선택된 사람이란 생각에 즐거웠습니다. 냉기가 걱정될 정도로 심해졌습니다. 하지만 그보다 이 냉기가 어느 정도까지 심해질 수 있을까, 하는 호기심이 더 강했습니다. 마침내 냉기가 완벽하게 전신을 얼려버렸습니다. 이를테면 생각마저도 완전히 결빙된 것 같았습니다. 나는 생각하는 얼음덩이가 된 셈이었습니다. 스스로를 얼음덩이 하나를 골라 깍은 조각상이라고 상상했습니다.

이런 광적인 환각 상태가 자랑스러웠습니다. 당신에게 뭐라 설명할 수 없지만 그 상태가 일종의 정신적인 안락함마저 주었습니다. 게다가 거기에 있는 아무도 내 상태를 모르고 내가 그들보다 우월하단 것도 모른다는 확신이 한층 즐거움을 더해주었습니다. 내 친구조차 단 한순간도 내가 얼마나 야릇한 감각에 휘둘리고 있는지 눈치채지 못했는데 이 어찌 즐겁지 않겠습니까? 내 위장된 행동의 보상, 이 특별한 쾌감이 내가 건진 진짜 은밀한 보상이었던 셈이죠.

그리고 좌석이 있는 부스에 들어설 때 어둡다는 인상을 강하게 받았는데 이는 냉기에 대한 망상과 어떤 관련이 있는 것 같았습니다. 물론 이 두 가지 생각이 서로 영향을 주고받았을 수도 있습니다. 당신도 해시시가 항상 눈부신 빛, 찬란한 색채, 황금이 녹아 흐르는 듯한 폭포를 떠올리게 한다는 것을 아실 겁니다. 식탁보에서 반짝이는 빛, 뾰족하거나 울퉁불퉁한 곳에 박힌 쇠붙이에서 나는 빛, 거실의 촛대에 걸린 빛, 성모 마리아를 기리는 달月에 켜는 촛불, 석양에 쏟아지는 장밋빛, 모든 빛이 해시시와 어울린답니다. 그 초라한 샹들리에는 빛에 대한 갈증을 해소하기에는 턱없이 부족했습니다. 이미 말한 대로 어둠의 세계로 들어가는 느낌이었습니다. 게다가 내가 겨울만 계속되는 북극의 밤을 상상하는 동안 어둠은 점점 짙어졌습니다. 한편 무대(무대에서는 코미디물을 공연하고 있었는데)만 불이 환했는데, 몹시 작고 아주 멀리 떨어져 있어 마치 망원경의 잘 보이지 않는 한쪽 끝에 매달려 있는 듯했습니다.

내가 배우들의 대사를 경청했다고는 말하지 않겠습니다. 그건 당신도 아시다시피 불가능한 일입니다. 이따금 내 상념이 대사 조각들에 걸리면 마치 능숙한 무용수처럼 아주 먼 몽상의 나라로 도약하곤 했습니다. 연극을 이런 식으로 보면 논리도 줄거리도 알 수 없을 것이라 생각하겠지요. 그건 잘못된 생각입니다. 내 산만함으로 새로 만들다시피 한 연극에서 미묘한 의미들을 발견했습니다. 내게 놀랄 일은 아무 것도 없었습니다. 나는 에스더Esther[7]를 처음 본 시인이 왕후에게 사랑을 고백하는 불경을 당연시하는 것과 거의 흡사했습니다. 에스더 발치에 엎드려 자신이 저지른 죄를 용서해달라고 빌던 순간도 말입니다. 모든 드라마를 그런 방식으로 이해하면 굉장히 아름답습니다. 라신의 비극조차도 말입니다.

배우들이 내겐 메소니에[8]의 작품 속 등장인물처럼 키

7 프랑스 극작가 라신(Jean Baptiste Racine, 1639-1699)의 작품 〈에스더〉에 나오는 페르시아 왕비.

8 프랑스 화가 에르네스트 메소니에 (Ernest Meissonier, 1815-1891). 풍속화가로 명성을 떨쳤다.

가 아주 작고 윤곽이 뚜렷하고 옷을 단정하게 차려입은 것처럼 보였습니다. 나는 그들이 꼼꼼하게 손질한 디테일한 부분, 가령 천에 새긴 데생, 바느질, 단추 등뿐 아니라 진짜 이마와 가발의 경계선, 흰색, 파란색, 빨간색 분장의 트릭까지 모두 또렷하게 구분할 수 있었습니다. 그 '소인족'들은 마치 유화를 입힌 판유리처럼 차갑고 마법 같은 밝은 색 옷을 입고 있었습니다.

마침내 이 얼어붙은 어두운 극장을 빠져나왔을 때 내 안에서 일던 환각들이 모두 사라지고 제정신으로 돌아왔습니다. 나는 그 어떤 긴장되고 고된 일로도 느끼지 못한 피로함을 느꼈습니다."

사실 도취의 이 단계에서 이제껏 경험하지 못한 섬세함과 극도의 예민함이 모든 감각에 나타난다. 후각, 시각, 청각, 촉각 능력이 모두 상승한다. 눈은 무한한 곳까지 미치고 귀는 거대한 소음 속에서도 거의 들리지 않는 소리까지 잡아낸다. 환각이 생기는 시기가 바로 이때다. 외부의 사물들이 서서히 괴상한 형상으로 일그러지고, 변형된다. 이어 모호함과 착각이 나타나고 사고들이 중첩되기 시작한다. 소리는 색깔로 덧칠되고, 색깔은 음악을 품는다. 사람들 얘기론 이는 아주 자연스러운 일이라고 한다. 시적인 사고를 지닌 사람이라면 누구나 건강하고 정상적인 상태에서도 쉽게 이와 유사한 경험을 하기 때문이다.

하지만 내가 이미 독자들에게 언급했듯 해시시의 도취감 속에는 긍정적인 초자연적인 힘은 절대 존재하지 않는다. 단지 환각이 낯선 생동감을 유발할 뿐이다. 이 환각이 침투한다. 환각이 점령한다. 그리고 광폭한 주인처럼 당신을 압도한다. 음악 악보는 숫자가 된다. 만약 당신이 수학적 재능을 갖췄다면 귀에 들리는 멜로디와 하모니가 관능적이고 감각적인 특성을 가진 복잡한 수식으로 변한다. 수가 수를 낳고, 당신은 음악 연주자처럼 쉽고 빠르게 그 수식의 양상과 형성을 따라갈 수 있다.

이따금 인격이 사라지는 경우도 있고, 범신론을 추종하는 시인들에게나 어울릴 법한 객관성이 당신 안에서 비정상적으로 생성되어 퍼지는 경우도 있으며, 외부 사물에 대한 사유가 당신 자신의 존재를 망각시키기도 하고 또 외부 사물과 당신을 혼돈하기도 한다.

당신의 눈은 바람에 조화롭게 굽은 나무에 꽂힌다. 몇 초 뒤, 시인의 머릿속에서는 은유의 대상일 뿐인 것이 당신에게 현실이 된다. 당신은 먼저 나무에게 당신의 열정, 당신의 욕망, 당신의 감수성을 전달한다. 나무의 흐느낌과 떨림은 당신의 것이 되고 곧 당신은 나무가 된다. 마찬가지로 창공 높이 날고 있는 새는 처음에는 인간적인 것들 너머로 날고 싶은 끝없는 욕망을 상징적으로 나타냈지만 이제 당신은 이미 새가 되어 있다.

나는 앉아서 당배를 피우고 있는 당신을 상상해본다. 당신의 시선은 지나치다 싶을 만큼 오랫동안 파이프에서 뿜어져 나오는 푸른 연기에 고정되어 있다. '느리고 끊임없는 영원한 증발'이라는 생각이 당신의 정신을 차지하게 되면서 당신은 곧이어 그 생각을 당신 자신에, 당신의 사고를 생성하는 재료에 적용하게 된다. 야릇한 모호함 혹은 사고의 중첩 등 어떤 지적인 현상 때문에 당신은 자신이 증발된다고 느낄 것이고 당신은 당신의 파이프(당신은 스스로를 그 속에 쟁여져 웅크리고 있는 담배처럼 느끼게 될 것이다)에게 당신을 피우는 이상한 능력을 제공하게 되는 꼴이 된다.

고리를 이은 그런 상상들이 잠깐만 지속된다는 점은 그나마 다행스러운 일이다. 안간힘을 써서 제정신이 든 그 짬을 이용해 당신은 시계를 본다. 하지만 또 다른 상념의 흐름이 당신을 덮친다. 그 상념들이 또 다른 잠깐 동안 당신을 세찬 소용돌이 속으로 몰아넣고 이 잠깐도 영원처럼 느껴진다. 왜냐하면 감각과 생각의 격렬함 때문에 시간과 존재의 균형이 완전히 무너져버렸기 때문이다. 마치 한 시간에 여러 사람의 삶을 산 것 같다.

당신은 쓰여지지 않은, 살아 있는 한 편의 판타지 소설 같은 존재가 아닐까? 신체기관과 쾌락 사이에 더 이상 평형이 존재하지 않는다. 무엇보다 이런 점에서 자유 의지가 사라지는 이 위험한 실험이 비난을 사고 있다.

내가 환각에 대해 말할 때 그 말을 본래 뜻으로만 엄격하게 해석하면 안 된다. 아주 중요한 뉘앙스 차이가 있다. 의사들이 종종 연구하는 순수한 환각이 있고, 환각이라기보다는 오히려 해시시가 빚어낸 정신 상태가 보이는 착각들이 있다. 전자의 경우 환각은 급작스럽고 완전하고 치명적이다. 게다가 이 경우 외부의 세계에서 그 어떤 핑계나 변명을 찾지 않는다. 요컨대 환자는 아무것도 없는 것에서 형체를 보고 소리를 듣는다.

후자의 경우 환각은 점진적이고 거의 자의적이다. 불완전하다. 상상력에 의존해 무르익는다. 요컨대 이 환각은 조건이 필요하다. 소리가 말을 하고 알아들을 수 있게 재잘거릴 것이다. 하지만 소리가 존재해야 한다. 해시시에 취한 사람의 눈에 기묘한 형상들이 비칠 것이다. 하지만 기묘하고 무시무시하게 생긴 그 형상들은 그전에 평범하고 자연적인 것들이었다. 해시시 도취 상태의 환각이라고 말하는 것이 아무리 생생하고 강렬해도 이 근원적 차이를 무시할 수 없다. 후자는 주변 환경과 현재에 뿌리를 두고 있는데 반해, 전자는 그렇지 않다.

해시시에 도취된 뇌가 겪게 되는 역동적인 사유, 무르익은 꿈, 시적인 천진난만함 등에 대한 이해를 돕기 위해 다른 일화를 이야기하겠다. 이번에는 할 일 없는 젊은 한량도 아니고 문인도 아닌 한 여인, 호기심 많고 흥분 잘하는 중년 여인의 얘기다. 요컨대 그녀는 약을 체험하고 싶은 욕망에 굴복해 스스로 찾아가 이를 경험했고 그때 느꼈던 환각에 대해 다른 부인에게 이야기했다. 그걸 그대로 옮겨보겠다.

"열두 시간, 열두 시간이었는지 혹은 스무 시간이었는지 정말 모르겠어요. 그 광기의 시간 동안 겪은 야릇하고 새로운 감각을 나는 다시는 경험하고 싶지 않습니다. 정신적 흥분이 너무 생생하고 거기서 오는 피로감이 너무 큽니다. 사실대로 말하자면 그 유치한 장난에서 내가 얻은 것은 죄의식입니다. 물론 나도 호기심에 굴복했습니다. 오랜 친구들과 바보 같은 짓을 한 건데 그런 자리면 다소 허물없이 굴어도 별로 해가 될 것은 없다고 생각했지요. 먼저 말씀드려야 할 것은 그 저주스러운 해시시가 신뢰할 수 없다는 것입니다. 간혹 사람들은 도취에서 깼다고 믿지만 그건 순전히 거짓말입니다. 잠시 쉬었다가 다시 찾아옵니다. 저녁 열 시쯤 나는 그런 일시적인 진정 상태에 있었어요. 넘쳐흐르는 듯한 생명력의 상태에서 이제 빠져나왔다고 생각했습니다. 불안과 공포심이 없었던 건 아니었지만 사실 그 상태는 아주 즐거웠어요. 나는 긴 여행으로 피로에 지친 사람처럼 즐겁게 식사를 시작했습니다. 왜냐하면 그때까지 조심하느라 아무것도 먹지 않았거든요.

그런데 식탁에서 일어서기도 전에 고양이라도 본 쥐처럼 다시 정신이 혼미해졌습니다. 독이 내 가엾은 뇌를 가지고 다시 장난을 치기 시작했습니다. 우리 집이 친구들의 성城 바로 근처이고 나를 위해 마차가 대기 중이었는데도 불구하고, 몽상과 억제할 수 없는 광기에 빠져들고 싶은 욕망이 너무 커서 나는 '하루 자고 가라'는 친구들의 제안을 기꺼이 수락하고 말았습니다. 아시다시피 사람들이 일상적으로 생활하는 곳은 단장하고 재정비해서 현대식으로 꾸몄지만 사용하지 않는 곳은 옛 스타일, 옛 장식, 옛날 모습 그대로 뒀답니다. 나를 위해 이 쓰지 않고 있던 곳에 임시로 침실을 마련해주었습니다. 그러기 위해 가장 작은 방을 골랐습니다. 색이 바래고 황폐한 일종의 규방이었는데 그래도 마음에 들었습니다.

시간이 가는 줄도 모르고 밤새도록 시달리며 내가 겪은 야릇한 환각을 당신이 이해할 수 있도록 그 방에 대한 묘사를 해야 할 것 같습니다. 규방은 아주 작고 협소했습니다. 벽기둥 윗쪽과 맞닿은 천장은 동굴 같고 벽에는 길고 폭이 좁은 거울들이 붙어 있었고, 그 사이는 자유롭게 그린 장식용 풍경화 패널들로 채워져 있었습니다. 기둥 위쪽 높이 네 개의 벽에는 휴식을 취하거나 달리고 있거나 훨훨 날아다니는 모습의 우화적인 그림들이 있었습니다. 그 그림 위로 밝은 색의 새와 꽃이 있었고 그림 뒤에는 천장의 곡선을 따라 진짜처럼 그려진 격자창이 있었습니다. 천장은 황금빛이 돌았지요. 몰딩과 그림들 사이의 모든 틈은 금색 도금이 되어 있었고 금색 도금 된 한복판에 진자振子처럼 가공된 기하학적인 격자창의 그물망이 가로질러 놓여 있었습니다. 당신은 그것을 아주 우아한 새장, 아주 덩치 큰 새의 멋진 새장이라 상상하면 될 겁니다.

맑고 밝은 빛이 쏟아지는 멋진 밤이었다는 것도 말씀드려야겠습니다. 촛불을 껐는데도 모든 장식들이 눈에 들어왔답니다. 당신이 생각하는 것처럼 내 마음의 눈이 이를 밝힌 것이 아니라 멋진 밤이 이 모두를 빛내고 있었습니다. 밤의 빛이 금색 자수품들, 거울들 그리고 갖가지 색깔의 온갖 물건들을 비추고 있었습니다.

내가 처음 놀란 것은 내 옆과 앞, 사방으로 거대한 공간이 펼쳐지는 것을 보았을 때였습니다. 유리처럼 투명한 강과 잔잔한 물속에 잠긴 녹음이 우거진 풍경들이었습니다.

패널화들이 거울에 비쳐 만들어낸 효과라는 것을 당신도 짐작했을 겁니다. 고개를 들자, 용광로에서 막 나온 쇠가 식어가는 듯한 일몰 장면이 보였습니다. 천장의 금빛이 만들어낸 것이었습니다. 하지만 격자창은 내가 새장이나 혹은 사방이 툭 터진 집에 있는 느낌을 주었습니다. 이 경이로운 것들로부터 내가 있는 이 웅장한 감옥을 격자창이 분리시키고 있다는 생각이 들었습니다.

처음에 나는 내 환각을 비웃었습니다. 하지만 보면 볼수록 마법은 커져만 갔고 그 마법이 생명력을 얻어 선명해지면서 압도적인 현실이 되어갔답니다. 그때부터 감금되었다는 생각이 내 정신을 지배했지만 그럼에도 고백하건데 내 주위에서 혹은 내 위에서 펼쳐지는 광경에서 느꼈던 즐거움은 전혀 줄어들지 않았습니다. 나는 아주 오랫동안 어쩌면 수천 년이 넘도록 이 경이로운 지평선 사이에, 이 아름다운 전원적 풍경 사이에, 이 호화로운 감옥에 감금되어 있다는 생각이 들었습니다. 나는 '잠자는 숲 속의 공주'를 상상했습니다. 감내해야 하는 속죄를 상상하고 다가올 구원을 꿈꾸었습니다.

내 머리 위로는 빛나는 열대 지방의 새들이 날아다녔습니다. 저 멀리 큰길을 가는 말들의 목에 걸린 방울소리가 들렸을 때 두 감각, 현실과 환각이 하나로 통합되어 그 신비한 구리 소리를 새들의 소리로 여기고 그들이 쇠로 된 목청으로 노래를 한다고 믿었던 것입니다. 분명히 새들은 내 이야기를 하며 내 감금을 축복해주었답니다. 뛰노는 원숭이들, 익살을 떠는 사티로스들은 누워서 꼼짝 못 하고 있는 이 포로를 재미있어 하는 것 같았습니다. 그래도 이 신화 속 성자들은 고혹적인 미소를 지으며 내가 참을성 있게 이 주술을 견딜 수 있도록 마치 사기를 북돋우려는 것처럼 나에게 시선을 맞춰주었습니다.

만약 예전의 과오, 나도 모르게 저지른 죄 때문에 일시적으로 내가 이런 징벌을 받는 것이라면 어린 시절 인형놀이가 우리에게 주었던 것보다는 훨씬 진지한 즐거움을 친절한 신들에게 기대해볼 만했습니다. 아시겠지만 내 환상 속에 도덕적인 생각이 전혀 없었던 것은 아니었습니다. 하지만 이 빛나는 형체들과 색깔들을 바라보고 자신이 이 판타스틱한 드라마의 중심이라고 생각하는 동안 다른 모든 생각들은 종종 사라져버렸습니다. 이런 상태는 오래, 너무 오래 지속됐습니다. 아침까지 지속됐던가? 기억이 나질 않습니다. 별안간 아침 햇살이 방에 들어왔습니다. 나는 화들짝 놀랐습니다. 아무리 노력해도 내가 잠을 잤는지 아니면 밤새 달콤한 불면을 즐겼는지 도저히 알 수가 없었기 때문입니다. 방금 전까지만 해도 밤이었는데 날이 훤히 밝았더라고요! 내가 오랜 시간을 보낸 겁니다. 아! 너무 오랜 시간을 보냈어. 시간 개념, 아니 시간 측정이 불가능해졌습니다. 내 수많았던 생각들로 그 하룻밤의 길이를 측정하는 수밖에 없었습니다. 그렇게 보면 아주 길게 느껴졌던 밤이 겨우 몇 초였던 것 같기도 하고 아예 영원한 시간 속에 흔적도 남기지 않고 사라진 것 같기도 했습니다.

당신에게 내 피로감, 엄청난 피로감에 대해서 장황하게 늘어놓지 않겠습니다. 사람들은 시인이나 창작자들의 열정이 내가 경험한 것과 비슷하다고들 합니다. 물론 나는 우리를 감동시키는 사람들은 보다 침착한 기질을 소유한 이들이어야 한다고 믿는 부류에 속하지만 시적인 광기가 작은 티스푼에 담긴 잼이 내게 선사한 것과 유사한다면 대중의 즐거움을 위해 시인들이 값을 톡톡히 치르고 있다는 생각은 들었습니다. 나는 집에, 현실의 삶인 내 집에 돌아왔을 때 안락함, 평범한 만족감을 느꼈습니다."

이 여인은 물론 합리적인 사람이다. 그러나 우리는 그녀의 이야기 중에 해시시가 유발하는 주된 감정을 아주 피상적으로 묘사한 부분에서 우리에게 유용한 몇 부분만 발췌할 것이다.

여인은 식사를 했던 순간을 일상적으로 제정신이 든

순간, 그녀가 현실의 삶으로 되돌아온 순간처럼 묘사했다. 사실 내가 이미 말했듯 간헐적으로 제정신이 들고 겉으로 보기에는 평온한 순간이 있다. 바로 그때 해시시는 게걸스러운 공복감과 심한 갈증을 일으킨다. 푹 휴식을 취하지 않고 저녁이나 간식을 먹는 것은 그녀의 불평처럼 새로운 환각 작용이나 현기증 나는 경련을 일으킬 수 있다. 여인은 다소 두렵지만 매혹적인 일련의 환상들에 자진해서 기꺼이 몸을 맡겼다. 견디기 힘든 공복감과 갈증을 해소하기 위해서는 상당한 힘이 든다. 왜냐하면 인간이 물질적인 것들을 완전히 초월해 있다고 여기거나, 혹은 도취 상태에 깊이 빠져있을 때는 병 하나, 포크 하나를 움직이는 데도 참을성 있는 용기가 필요하기 때문이다.

음식물의 소화로 일어나는 예견된 광기는 사실 무척 격렬하다. 저항도 불가능하다. 그런 상태가 너무 오래 지속된다면, 앞서 거론한 또 다른 단계로 전환되지 않는다면 견디기 힘들다. 약간은 무섭기도 하지만 화려한 환영과 동시에 많은 위안을 주는 단계, 이 새로운 단계를 동양인들은 '키프(절대적인 안식)'라 부른다. 더 이상 감정이 소용돌이치지도 소란스럽지도 않다. 고요하고 움직임 없는 천상의 행복, 영광스런 체념 상태이다. 오래전부터 당신은 더 이상 당신의 주인이 아니지만 이에 상심하지도 않는다. 고통과 시간 관념이 사라졌다. 때때로 잠깐 모습을 드러낸다 해도 단지 당신을 지배해온 감각의 변형체일 뿐이다. 현실의 진짜 고통과 시간 관념이 아니라 그에 대한 시적인 우수憂愁 같은 것이다.

하지만 무엇보다 이 여인의 이야기에서 주목해야 할 것은(내가 이 증언을 베껴 쓴 목적이다) 환각이 일종의 세속적인 것이고 외부 세계의 사물에 전적으로 그 존재를 빚지고 있다는 것이다. 그때의 정신은 주변 환경을 반사시켜 놀랍도록 왜곡시키는 거울에 불과하다. 뒤이어 우리는 내가 기꺼이 도덕적인 환각이라고 부르는 것이 나타남을 알 수 있다. 그녀가 속죄했다고 믿는 것이다. 하지만 분석에 재능이 없는 그녀의 기질 탓에 앞서 말한 환각의 특이하고 긍정적인 성격에 대한 이야기를 빠뜨려버렸다. 특히 올림포스 신들의 호의적인 시선은 해시시의 환각 효과 속에서 시적으로 표현되어 있다. 나는 이 여인이 죄책감을 느꼈다고 생각하진 않는다. 일시적인 감상과 후회에 빠졌던 그녀의 생각은 금세 희망으로 덧칠됐다. 이 점에 관해서는 다시 확인해볼 기회가 있을 것이다.

그녀는 다음 날의 피곤함에 대해 이야기하고 있다. 사실 그 피로감은 대단하다. 하지만 즉시 나타나진 않는다. 당신이 어쩔 수 없이 피곤함을 느낄 때 그때 당신은 놀라지 않을 수가 없다. 왜냐하면 당신 삶의 지평 위로 새로운 날이 밝았다는 것을 확실히 깨달았을 때 이상한 행복감을 느끼기 때문이다. 정신의 이채로운 홀가분함을 느낀다. 하지만 당신이 자리에서 일어서자마자 남아 있던 도취의 잔재가 당신을 따라다니며 마치 최근에 채워진 노예의 족쇄처럼 당신의 행동을 방해한다. 무기력해진 다리에 당신은 조심조심 움직일 수 있을 뿐이고 매 순간 깨지기 쉬운 물건처럼 불안하다. 엄청난 피로감(이 피로감을 아주 매혹적이라고 여기는 사람들도 있다)이 당신을 점령하고 풍경 속에 떠도는 안개처럼 당신의 각 기관에 퍼진다. 그래서 몇 시간 동안은 일을 할 수도 없고, 움직일 수도 없으며 힘을 쓸 수도 없다. 당신이 불경하게도 신경을 과도하게 낭비한 벌이다. 스스로의 인격을 사방팔방 바람에 날려버렸으니 이제 이를 다시 모아 하나로 만들기 위해 고생해야 하지 않겠는가!

이제 유치한 머릿속 연기가 만들어낸 거대한 마리오네트와 온갖 곡예에 종지부를 찍을 시간이 됐다. 우리는 좀 더 중요한 인간의 감정 변화, 한마디로 말해 해시시의 도덕에 대한 이야기를 해야 되지 않을까?

지금까지는 도취 상태가 유발하는 간략한 일화들만 언급했다. 또 주요한 특징, 특히 물질적인 특징에 집중해 강조하는 데 그쳤다. 하지만 내가 보기에 영적인 것을 추구하는 사람에게 가장 중요한 일은 인간의 정신에 독이 미치는 영향을 알아내는 것이다. 즉 일상의 감정이나 정신적 지각 능력이 이 예외적인 환경에서 확대, 왜곡, 과장되어 진짜로 굴절되는 현상을 보아야 한다.

아편과 해시시를 오랫동안 복용하거나 습관적인 사용으로 이미 약해진 사람이 이를 벗어나기 위해 초인적인 힘을 발휘하는 것을 보면 탈옥수처럼 느껴진다. 항상 조심스럽게 유혹을 피하고 한번도 망가진 적이 없는 신중한 사람보다 더 큰 감동을 준다. 영국인들은 아편 환자들에 대해 얘기할 때 순진한 사람들에게는 과하게 비칠 수도 있는 끔찍한 정신적, 육체적 쇠퇴를 지칭하는 '사슬', '족쇄', '예속'이란 용어를 자주 이용한다. 이에 비하면 의무의 그물, 불륜의 그물 등 그 외 다른 모든 것들은 촘촘하게 짜여진 거미줄에 불과하다.

인간이 자기 스스로 맺은 끔찍한 결합! "나는 아편의 노예였다. 아편이 나를 꽁꽁 묶어버렸다. 내 모든 의무와 계획이 이 꿈의 빛깔로 물들었다." 리지아[9] 남편이 내뱉은 말이다. 비할 바 없는 시인이자 다시없는 철학자인 에드거 앨런 포는 정신의 신비로운 병에 관해 이야기할 때 인용하지 않을 수 없는 사람이거니와 얼마나 많은 글에서 아편의 떨칠 수 없는 매혹과 어두움에 대해 경이로운 문체로 묘사를 했던가! 너무나 아름다운 베레니스의 정부, 형이상학적인 에게우스[10]는 뇌의 여러 기능이 변질되어 가장 단순한 것에도 이상한 가치를 부여하게 된다고 털어놓는다.

"여백이나 본문에 적어놓은 몇몇 유치한 인용구에 집중해 지치는 줄도 모르고 생각에 잠기거나 여름날 거의 온종일 태피스트리나 마룻바닥에 비스듬히 비친 야릇한 그림자에 정신이 팔려 있고, 전등의 빛이나 벽난로의 잉걸불

9 에드거 앨런 포의 《리지아Ligeia》의 주인공 이름.
10 에드거 앨런 포의 《베레니스 Berenice》에 나오는 인물.

을 밤새도록 지켜보며 스스로를 망각하고 여러 날을 어떤 꽃향기에 빠져 있기도 했다. 또 진부한 말을 단조롭게 계속 반복해 읊조려 결국 아무 의미도, 아무 관념도 전달해주지 않는 말이 되고는 했다. 이것이 내 정신 상태를 보여주는, 가장 습관적이고 가장 해가 없는 기행들이다. 그렇게 대단한 건 아니지만 해명이나 분석을 해 볼 필요가 있다."

신경쇠약에 시달리는 오거스트 베드로[11] 씨는 매일 아침 산책을 나서기 전에 일정량의 아편을 복용한다. 그가 우리에게 털어놓길, 매일 복용하는 독약이 그에게 주는 가장 큰 선물은 모든 것에, 아주 사소한 것에도 강한 흥미를 갖게 하는 것이라 했다. "그러는 동안 아편은 일상적으로 효과를 보여 모든 외부 세계에 강렬한 흥미를 느끼게 했다. 나뭇잎의 떨림 속에, 한 포기 풀의 색깔 속에, 네잎클로버의 모습 속에, 꿀벌의 날갯짓 소리에, 반짝이는 한 방울의 이슬 속에, 바람의 숨결 속에, 숲에서 날아온 희미한 냄새들 속에서 온갖 영감을 불러일으키고 화려하고 다채로운 광시곡 같은 일련의 사고를 가진 세계를 탄생시킨다."

이것이 공포의 대가, 미스터리의 왕자 에드거 앨런 포가 작중 인물의 입을 빌어 설명한 내용이다. 아편의 이 두

11 에드거 앨런 포의 《오거스트 베드로의 추억》의 주인공 이름.

가지 특성을 해시시에도 그대로 적용할 수 있다. 두 경우 모두, 이전에 자유롭던 지적 능력이 노예로 전락한다. 외부 세계에 의해 혹은 우연한 환경에 의해 조종되고 암시되는 사고의 흐름을 그는 '광시곡'이란 단어로 아주 잘 정의했다.

해시시의 경우엔 더욱 들어맞고 더 끔찍하다. 판단력이 온갖 상념에 좌지우지된다. 생각의 흐름도 무척 빨라져 훨씬 가속도가 붙은 광시곡이 된다. 확실히 짚고 넘어가야 할 것은 해시시가 즉각적인 효과에 있어 아편보다 훨씬 격정적이기 때문에 규칙적인 삶에는 아편보다 더 강한 적이라는 점이다.

한마디로 나는 해시시가 아편보다 훨씬 정신적 혼란을 가중시킨다고 본다. 십 년간 해시시를 복용하면 아편을 십 년간 복용한 것과 같은 해로움이 있는지에 대해선 모르겠다. 하지만 지금 당장 그리고 앞으로도 내가 말하고 싶은 것은 해시시가 더욱 치명적인 결과를 초래한다는 것이다. 아편이 아늑한 유혹자라면 해시시는 광폭한 악마다.

나는 마지막 부분에서 이 위험하고 달콤한 실험으로 일어난 정신적인 손상을 정의하고 분석하려 한다. 그렇게 크고 심각하게 위험한 전투에서 가벼운 경상만 입은 채 돌아올 수 있었던 사람들은 내게 용감무쌍한 프로메테우스나 지옥을 이겨낸 오르페우스 같은 영웅처럼 보인다. 과장된 비유라고 여길지 모르지만 내가 보기에 이런 흥분성의 독약은 악령이 인간을 잡아다가 노예처럼 부려먹을 수 있는 가장 끔찍하고 확실한 방법일 뿐 아니라 가장 완벽한 악마의 화신 중 하나다.

이번엔 내 작업을 간략하게 하고 분석을 명확히 하기 위해서 이런저런 일화들을 인용하기보다 가공의 인물을 만들어 다양한 관찰을 해보고자 한다. 그래서 나는 내가 선택한 영혼을 상상해본다. 드 퀸시는 '고백'에서 아편이 인간을 잠들게 하는 대신에 흥분시킨다고 단언한다. 하지만 복용자의 본성 안에서 흥분시킬 뿐이라 했으니 아편의 경이로움을 판단하는 데 푸줏간 주인을 예로 드는 것은 황당할 것 같다. 왜냐하면 그는 단지 소와 초원을 꿈꿀 것이기 때문이다. 게다가 나는 해시시에 취한 목축업자의 우둔한 판타지에 대해 할 말도 없다. 누가 그따위 판타지를 읽을까? 누가 그따위를 읽겠다고 하겠는가? 내 주제를 분명히 하기 위해 모든 조명을 한 원에만 집중시킬 필요가 있다. 끝까지 집중시켜야 한다.

내가 빛을 집중하려 하는 비극적인 원, 즉 내가 선택한 영혼은 18세기에는 '감상적 인간'이라 불렸고 낭만파에서는 '이해받지 못한 자'라 불렸으며 평소 많은 부르주아 대중들에게 통칭 '기인'으로 낙인찍힌 사람과 비슷할 것이다. 약물 도취에 가장 잘 반응하는 반쯤은 예민하고 반쯤은 조바심 많은 기질을 가졌고 교양이 있으며 형체와 색깔에 대한 교육을 받은 사람으로 성품이 온화하고 불운에 지쳐 있지만 극복할 준비가 되어 있는 사람이 될 것이다. 여러분이 원한다면 예전의 과오도 용서해줄 수 있다. 왜냐하면 이는 흥분하기 쉬운 성격 탓에 생긴 수긍할 만한 회환 또는 방탕하게 낭비한 시간에 대한 후회이기 때문이다. 형이상학적인 취향과 인간의 운명에 대한 다양한 철학적인 가설을 숙지하고 있다면 분명 도움이 될 것이다.

게다가 도덕에 대한 사랑, 모든 책에서 현대적 인간의 최고 가치로 치는 추상적인 미덕, 금욕적인 것이든 신비적인 것이든 형이상학적인 도덕을 갖추고 있다면 더욱 좋다. 이 모두에 내가 조금 지나치다 싶어 누락시킨 대단히 섬세한 감각까지 추가하면 금상첨화겠다. 현대적 감성적인 인간의 공통되고 일반적인 요소들에 사람들이 말하는 '독창성'의 일반적인 형태들을 다 모아본 것이다.

그럼 이제 이런 개성이 해시시에 의해 극단에 이르게 되면 어떻게 되는가를 살펴보기로 하자. 그의 상상력의 진행을 따라가며 마지막 단계, 가장 화려한 제단에 이르러 자신이 신성을 지녔다고 믿기까지 하게 되는 장면을 따라가 보자.

만약 당신이 그와 같이 형태와 색에 대한 애정을 지닌 영혼 중 하나라면 초기 도취 단계가 진행되는 동안 맨 먼저 거대한 초원을 보게 될 것이다. 색깔들이 예상치 못한 에너지를 갖고 뇌 속으로 보무도 당당하게 침투한다. 우아하든 초라하든 혹은 형편없다 하더라도 천장의 그림들이 무시무시한 생기를 띠게 된다. 여관 벽을 장식한 조잡한 싸구려 벽지가 화려한 파노라마처럼 변하고 눈부신 몸을 지닌 님프들이 하늘보다 더 깊고 물보다 더 투명한 눈으로 당신을 지켜보고 성직자 혹은 군인 복장을 한 고대인들이 당신과 위엄 있고 비밀스런 눈인사를 나누게 될 것이다. 신들의 기복起伏이 마침내 명확한 언어가 되고 당신은 거기서 영혼들의 동요와 욕망을 읽어낸다. 그러는 동안 신비하고 일시적인 정신 상태가 스스로 성장해 수많은 어려움에 지쳐 내면 깊숙이 잠들어 있던 삶의 깊이를, 그것이 아무리 사소하더라도, 무대에 드러낸다. 무엇이든 처음 본 사물이 말을 하는 상징물로 변한다.

푸리에[12]가 유사성을 통해 스베덴보리[13]가 만물조응을 위해 당신의 눈앞에 동물과 식물로 강생했다. 그들은 음성이 아니라 형체와 색깔로 그들의 교리를 설파한다. 이 우화적 교리를 이해하는 힘은 당신이 스스로 알지 못했던 부분에서 나온다. 이 우화라는 영적인 장르는 서투른 화가들 탓에 흔히 무시당해 왔지만 가장 소박하고 원초적인 시의 형태이다. 도취로 계시 받은 정신은 그런 우화의 정당한 권리를 되찾아준다. 그때 해시시가 마법의 유약처럼 모든 삶으로 퍼진다. 인생에 장엄한 색조를 입히고 그 깊이를 더한다.

레이스처럼 들쭉날쭉한 풍경, 달아나는 지평선, 폭풍 속의 시체처럼 창백하고 음산한, 또는 불타는 짙은 석양이 비추는 도시의 전망, 심연의 시간과 공간의 우화. 만약 당신이 극장에 있다면 배우들의 춤, 동작, 대사. 당신이 책을 보고 있다면 눈에 띈 첫 문장, 한 단어, 모든 것들이 존재

12 프랑스의 공상적 사회주의자 샤를 푸리에 (Charles Fourier, 1772-1837).

13 에마누엘 스베덴보리(Emanuel Swedenborg, 1688-1772). 스웨덴의 과학자이자 신학자.

들의 우주가 되어 이제껏 상상도 못했던 새로운 광채를 띠고 당신 앞에 나타난다. 문법, 따분한 문법마저도 주술적인 힘을 지니게 된다. 단어들이 살과 뼈를 지니고 다시 태어난다. 명사는 장엄한 실체를 가지고 형용사는 명사를 글라시glacis[14] 기법처럼 투명한 옷을 입혀 윤이 나게 채색한다. 움직임의 천사 동사는 문장에 동력을 준다. 게으른 이나 혹은 다양한 업무 속에서 휴식을 찾는 깊은 영혼을 지닌 이들에게 또 다른 소중한 언어인 음악은 당신에 대한 이야기를 들려주고, 당신 삶에 대한 시를 들려준다. 음악은 당신과 하나가 되고 당신은 음악 속에 녹아든다. 음악은 당신의 열정을 연주하지만 이는 어느 한가한 저녁 오페라를 듣는 것처럼 모호하고 은유적인 것이 아니라 구체적이고 확신에 찬, 하나하나의 리듬이 당신의 영혼을 흔들고 각각의 선율이 단어가 되어 그 모든 시정詩情이 생명을 지닌 거대한 사전처럼 당신 머리에 박히는 것이다.

이 모든 현상들이 현실의 소란과 혼란처럼 정신에 뒤죽박죽 생겨나는 것이 아니다. 내적인 눈이 모든 사물에 아름다움을 더해주고 변형시켜 진정한 기쁨으로 다시 탄생시킨다. 바로 이 단계가 흐르든 고여 있든 맑은 물에 대

14 밑그림이 마른 뒤 투명 물감을 엷게 칠해 그림에 윤기와 깊이를 주는 유화 기법.

한 애정이 생기는 관능적이고 감각적인 단계이다. 이 애정은 또 취한 몇몇 예술가들의 머릿속에서 놀랄 만큼 확장된다. 거울은, 위에서 내가 거론한 것처럼 목이 타들어가는 듯한 육체적 갈증을 동반한 정신적 갈증과 유사한 몽상의 원인이다. 흐르는 물, 장난치는 물, 조화로운 폭포, 광활한 푸른 바다가 말할 수 없이 매혹적으로 구르고 노래하고 잠이 든다. 물이 진정한 마법사처럼 모습을 드러내는 것이다. 해시시 탓에 생긴 격렬한 광기를 별로 신뢰하지 않는 나는 광활하고 크리스털처럼 투명한 물을 사랑하는 영혼이 맑은 개울을 관조하는 것이 위험하지 않다고 장담하거나 옛날 우화 '물의 요정, 온딘Ondine'에 나오는 홀린 사람처럼 비극의 주인공이 되지 않으리라고 장담할 수 없다.

시간과 공간이라는 밀접한 두 개념이 엄청나게 확장되는 것에 대해 충분히 얘기했다고 생각한다. 하지만 이때 정신은 아무 슬픔이나 두려움 없이 맞선다. 일종의 조증에 걸린 정신은 대담하게도 수천 년을 가로질러 그 끝이 보이지 않는 무한한 전망 속으로 뛰어든다. 예상을 했겠지만, 나는 이 이상하고 압도적인 확장이 모든 감정과 사고에 당연히 적용된다고 말하는 것이다. 앞에 내가 꽤 괜찮은 예를 들었다고 생각되는 '남에 대한 호의'도 그렇고 사랑, 미의 개념(내가 가상한 이 영적인 인물에게는 당연히 가장 중요한 부분을 차지하고 있을)에도 적용된다.

우주 불멸의 리듬을 이해하는 놀라운 능력을 발견한 몽상가는 선의 조화, 움직임 속에서의 균형 등을 자신뿐만 아니라 모든 피조물에게 필수불가결한 것으로 여긴다. 우리는 이 광신도가 개인적인 아름다움을 지니고 있지 않아 오랫동안 고통스러웠다는 자기 고백을 믿거나 상상이 즉흥적으로 빚어낸 아름답고 조화로운 세상 속에 자신을 불협화음 같은 존재라고 여길 것으로 생각해선 안 된다. 탄복할 만큼 다채로운 해시시의 궤변들은 일반적으로 낙관적인 경향을 띤다. 가장 그럴듯한 궤변은 욕망을 현실화시킨다는 것이다. 일상 생활에서도 그런 경우가 있는데 해시시 상태에서야 더 격렬하고 민감하지 않겠는가! 더구나 일명 미의 전도사인 하모니를 극히 잘 이해하고 있는 존재(궤변론자)가 자기 이론에 예외나 오점을 만들 수 있겠는가? 곧 정신적인 미와 그 힘, 우아함과 그 매력, 웅변술과 그 현란함 등이 모두 선생을 자처하며 부끄러운 줄 모르는 추함을 뜯어고치겠다고 나설 테고 조언자처럼 굴며 마침내 이

상상의 유령의 완벽한 아첨꾼이 될 것이다.

고등학생 수준의 호기심을 가진 많은 이들이 해시시에 익숙한 사람들에게 사랑에는 어떤 영향이 있는지 묻는다고 들었다. 그 자체로 이미 강렬한 사랑의 도취가 또 다른 도취에 빠지면 마치 태양이 다른 태양을 품은 꼴이 되지 않을까? 이는 내가 '지적인 한량'이라 부르는 많은 이들이 마음에 품고 있을 질문이다. 드러내고 감히 묻진 못하는, 부끄러운 이 논외의 질문에 답하기 위해 독자들에게 플리니우스[15]를 읽어볼 것을 권한다. 그는 해시시에 취한 상태에서 사랑을 나누는 것에 대한 환상을 없애기 위해 대마의 특성을 그의 책 어디에선가 다룬 적이 있다. 게다가 우리는 신경을 혹사시키는 약물을 남용한 사람들에게 나타나는 보통의 결과는 무기력증이란 것을 알고 있다. 그리고 여기서 다루는 문제는 애정이 아니라 감성과 신경과민이기 때문에 해시시에 취해 신경증을 보이는 이들의 상상력은 힘이 정점에 이른 태풍만큼이나 가늠하기 힘들고 그들의 예민한 감각 또한 헤아리기 힘든 지점에 있음을 명심해야 한다. 예컨대 손 한번 잡는 별 의미 없는 가벼운 애무가 이런 영혼과 감각 상태에서는 백 배의 의미를 띠게 되

15 고대 로마의 학자, 정치가(Plinius). 수사학, 자연과학을 연구하였다.

고 어쩌면 금세 보통 사람들이 행복의 정점이라고 말하는 마비 상태까지 내몬다. 하지만 그런 일은 해시시가 고통과 불행조차도 새로운 샹들리에처럼 보이게 하는 달콤한 감상 속에서 일어나는 것임을 알아야 한다. 이런 정신적 동요에 강한 관능이 섞여 있음이 확실하다. 게다가 이스마엘 종파[16](해시시의 어원인 '암살자'란 말이 나온)가 공명정대한 링감-요니[17] 숭배에서 벗어나 그 여성적인 상징을 배척한 것도 주목할 만하다. 모든 인간은 역사를 반영하는 존재이기 때문에 끔찍한 마약에 자진해서 중독되어 자신의 능력을 기꺼이 탕진하는 정신 속에서 외설적인 이교 행위, 악마적인 종교가 탄생하는 것은 당연한 일이다.

우리는 해시시에 취한 상태에서 낯선 사람에게 베푸는, 애정보다는 오히려 연민 같은 일종의 이상한 호의(후에 놀랄 만한 힘으로 커져 갈 악마적인 정신이 첫 싹을 틔우는 순간이다)를, 누구건 그를 괴롭힐까 두려워하는 그 이상한 호의를 이미 보았다. 그런 지엽적인 감상이 환자의 정신적인 삶에 중요한 역할을 하고 있거나, 했던 사랑하는 사람에게 나타난다면 어떻게 될지 쉽게 짐작할 수 있다. 숭배, 열애, 기도, 행복에 대한 꿈 등이 투사돼 힘차게 번쩍이며 도약

16 이슬람교를 말한다.

17 토속 힌두교에서 링감(남근)과 요니(음문)가 결합된 시바신의 상징.

하고 형형색색의 불꽃처럼 환하게 빛났다가 어둠 속으로 사그라질 것이다. 이는 해시시 노예의 미묘한 애정만이 느낄 수 있는 일종의 감정적 조합물이다. 보호 본능, 헌신적이고 강한 부성애가 죄의식을 느끼게 하는 관능과 뒤섞일 수 있다. 그리고 항상 해시시는 그를 용서하고 그 죄를 사해준다. 혹은 더 멀리 나갈 수도 있다. 영혼에 아픈 상처로 남아 있는 과오가, 정상적인 상태라면 먹구름처럼 마음을 어둡게 했던 과오가 해시시 상태에서 달콤한 과실이 된다.

용서하고 싶은 욕망이 기억을 훨씬 유연하게 하고 간절하게 만든다. 긴 독백으로 이어지는 이 사악한 비극 속에서 회환조차도 흥분제 역할을 하여 더 뜨겁게 달군다. 회한은 정말 그런 것이다! "해시시는 진정한 철학적 정신을 소유한 사람한테는 완벽한 사탄의 도구나 다름없다"라고 말한 내가 틀렸단 말인가? 쾌락의 특이한 재료인 회한은 관능적인 해석, 달콤한 관조 속에 빠져든다. 이 해석이 얼마나 순간에 이루어지는지, 스베덴보리 추종자들에 의하면 악마적 천성을 타고난 인간은 그게 얼마나 자신의 의지와 관계없는 것인지 전혀 눈치도 못 채고 시시각각 완벽하게 악마를 닮아간다. 인간은 회한을 찬양하고, 자신을 찬미하며 자신의 자유를 잃어간다.

여기서 내가 가상한 사람, 내가 고른 정신은 자신을 찬미하지 않을 수 없는 환희와 평온의 단계에 도달한 사람이다. 그에게는 모든 모순이 사라지고 모든 철학적 문제들이 투명해지고(아니면 적어도 그렇게 느껴진다) 모든 만물이 희열을 위한 재료이다. 그가 누리고 있는 충만한 삶이 그를 아주 거만하게 만든다. 그의 내부에서 어떤 목소리(젠장! 자신의 목소리다)가 그에게 일러준다. '너는 이제 자신이 그 누구보다도 우월하다고 믿어도 된다. 네가 생각하고 느끼는 모든 것은 그 누구도 알지도, 이해하지도 못한다. 그들에게 느끼는 너의 깊은 애정에 감동할 수도 없다. 너는 행인들도 알아보지 못하는 네 자신의 신념 속에 갇힌 외로운 왕이란다. 하지만 그러면 어떠냐? 너에겐 맑은 영혼을 가진 최고의 존재라는 자부심이 있지 않은가.'

그래도 우리는 간혹 가슴 아픈 추억이 고개를 들어 이 행복이 깨지는 것을 상상해볼 수 있다. 외부에서 미치는 작은 영향이 명상을 방해하는 불쾌한 과거를 들춰낼 수가 있다. 사유의 왕에겐 정말 어울리지 않는, 아니 그의 완벽한 위엄을 더럽히는 수많은 바보스럽고 천박한 행동들로 과거가 꽉 채워져 있다면? 해시시 복용자는 비난하는 이 환영들에 용감하게 맞서 그 추악한 추억에서 새로운 쾌락과 자긍심의 요소들을 끌어낼 수 있을 것이다. 그의 이성적인 사고가 한층 발전하기 때문이다. 처음의 고통스런 감각이 사라지면 그는 지금 자신의 영광을 이상하게 흐려놓는 행위나 감정을, 자신이 그렇게 행동하게 된 동기, 즉 자신이 처한 상황을 주위 깊게 분석하게 된다. 이 상황에서 자신의 행위를 정당화해줄 합당한 변명이나 적어도 자신의 죄를 정상 참작해줄 만한 이유를 찾지 못했다고 해서 그가 좌절할 거라는 생각은 하지 말길 바란다!

나는 투명 유리 아래서 펼쳐지는 게임의 구조를 보는 것처럼 그의 이성적인 판단이 움직이는 것을 본다. '이 비겁하고 천박하고 우스꽝스런 행동에 대한 기억으로 잠시 마음이 어지러웠으나 그 행위들은 내 천성이나 현재의 성질과는 전혀 다른 것이다. 이를 비난하는 나의 힘, 분석하고 판단하는 엄격한 나의 잣대는 오히려 내가 도덕적으로 뛰어나고 순수한 태도를 지녔다는 것을 증명해줄 것이다. 보통 사람들 중에 이처럼 능숙하게 자신을 판단하고 엄격하게 처벌할 수 있는 사람이 몇이나 되겠는가? 이렇게 자신을 처벌할 뿐만 아니라, 예찬도 한다. 그 끔찍한 추억은 이렇게 이상적인 미덕, 이상적인 자비, 영감으로 변하고 그는 의기양양한 정신적 향연 속에 빠진다.

이 고해자와 신부 역을 동시에 하는 신성모독적인 행위를 통해 그가 자신을 쉽게 사면하거나 더 나아가 과오에서 자신의 자긍심을 세울 새로운 양식을 얻어내는 것을 보았다. 이런 몽상과 책략 속에서 그는 자신이 실제로 높은 도덕을 지녔다고 믿는다. 이렇게 사랑의 힘으로 그가 껴안은 미덕이라는 유령은 자신이 이상을 완성하는 데 꼭 필요한 강한 힘을 갖춘 존재라고 스스로 믿게 해준다. 그는 몽상과 현실 행위를 완전히 혼동한다. 이렇게 수정되고 이상화된 자기 존재의 매력적인 모습 앞에 그의 상상력은 점점 더 가열되어 의지박약하고 허황된 자신을 이 매혹적인 환영으로 바꿔버리는 것이다. 결국 그는 가증스럽게 스스로를 위로하며 이 분명하고 단순한 말로 자신을 신격화하며 예찬한다. "나는 인간 중에 최고의 미덕을 지닌 자다!"

여러분은 장 자크[18]가 떠오르지 않는가? 그도 또한 어떤 희열에 똑같은 침착함, 똑같은 확신(차이가 있다 해도 아주 근소한)으로 전 우주를 향해 참회하며 승리의 함성을 지

18 프랑스의 철학자이자 작가인 장 자크 루소 (Jean Jacques Rousseau, 1712-1778).

르지 않았던가? 미덕을 찬양하며 그가 보인 열광, 선한 행동 앞에서 혹은 자신이 했어야 한다는 생각에 눈물을 글썽이는 신경쇠약적인 감성만으로 그는 충분히 자신이 도덕적으로 우월하다고 느꼈을 것이다. 하지만 장 자크는 해시시에 취하지 않았다.

승리감에 취해 있는 이 편집증 환자에 대한 분석을 계속해야 할까? 독약에 완전히 취해서 자신이 우주의 중심이라고 믿는 사람을 어떻게 설명한단 말인가? 어떻게 그는 '믿으면 모든 것이 이루어진다'는 허황된 살아 있는 속담 자체가 되어버린 것일까? 그는 스스로의 미덕과 천재성을 믿는다. 그 끝이 짐작되지 않는가? 그를 에워싼 모든 사물들이 그 어느 때보다 민감하고 갖가지 생생한 색깔의 매혹적인 광채로 다가와 사유의 세계를 자극한다. '멋진 건물들이 마치 장식처럼 일정 간격으로 늘어선 이 화려한 도시들, 우리를 대신해 향수에 젖어 한가롭게 흔들리며 물 위에 매어져 있는 아름다운 배들, 아름다운 형상과 매혹적인 빛깔로 가득한 박물관들, 과학과 뮤즈의 꿈이 켜켜이 쌓인 도서관들, '한 소리' 하는 악기들, 멋진 악세사리와 다소곳한 눈길에 한결 아리따워 보이는 매혹적인 여인들, 그 모든 것이 나만을 위한 것이고 나를 위해 창조된 것이라 외친다. 나를 위해, 감성과 지식과 미에 대한 내 탐욕스런 입맛을 충족시키기 위해 인류가 노동하고, 고난 받고 희생한 것이다. 한마디로 망상에 사로잡힌 사람의 머릿속에서 마침내 극단적인 생각이 튀어나온다 해도 놀랄 사람은 아무도 없다. 드디어 폭발적인 에너지로 가득한 그의 가슴속에서 '나는 신이다!'란 야만적이고 격렬한 외침이 터진다. 이 취한 인간이 의지와 신념을 갖고 있었다면 여기저기 하늘에 흩어져 있던 천사들이 "나는 신이다"라고 외치는 힘에 놀라 기절초풍했을 것이다.

그러나 이 엄청난 오만은 곧 고요하고 조용하고 아늑한 행복 상태로 변하고 다시 삼라만상은 유황 같은 새벽빛에 물들어 빛난다. 만약 행복에 젖은 이 가엾은 사람의 영혼에 또 다른 신이 있지 않을까, 하는 생각이 떠오른다 하더라도 그는 그 앞에서 정신을 가다듬고 의지를 보이며 두려움 없이 이와 맞설 것이다.

독일의 근대 철학을 조롱하기 위해 "나는 저녁을 잘못 먹은 신이다"라고 말한 프랑스 철학자가 누구였더라? 하지만 이 빈정거림은 해시시에 취한 영혼에는 먹히지 않는다.

그는 조용히 “내가 저녁은 잘못 먹었을지 몰라도 신은 신이다”라고 응수할 테니 말이다.

V. 도덕道德

하지만 그 다음 날! 늘어지고 피곤에 지친 신체기관들, 긴장이 풀린 신경들, 자꾸 울고만 싶은 괴로운 마음, 일을 하지 못할 정도의 무기력 등은 당신이 금지된 장난을 했음을 잔인하게 상기시킨다. 전날의 광채가 사라진 추악한 본래의 모습은 흡사 축제 뒤 남은 씁쓸한 감정의 편린들과 닮았다. 모든 능력 중 가장 소중한 의지력이 공격을 당했기 때문이다. 움직이지도 못하고 망상만 남은 사람이 설령 사지가 멀쩡하다고 해서 아무 문제가 없다고 단정할 수 있을까?

게다가 우리는 인간이 충분히 잼 한 스푼으로(노동으론 결코 이의 천분의 일도 누리지 못할) 순간적인 천상의 환희와 지상의 행복을 얻어낼 수 있는 것을 보았다. 모든 국민이 해시시에 취한 나라를 상상해볼 수 있겠는가? 대단한 국민들! 대단한 전사들! 대단한 입법자들이 생겨날 것이다. 그래서 해시시가 널리 사용되는 동양에서조차 많은 정부가 해시시 금지의 필요를 깨닫게 된 것이다. 해시시가 인간을 쇠락시킬 수 있고, 지적 능력을 훼손할 수 있고, 인간 존재의 가장 근본적인 조건들을 뒤흔들어 놓고, 우리가 헤쳐가야 하는 주변 환경과의 균형 능력을 파괴시킬 수 있다는 이유로(한마디로 자신의 운명을 새로운 종류의 숙명으로 바꿔버린다는 이유로) 금지된 것이다.

멜모스[19]의 우화를 떠올려 보자. 그가 겪는 끔찍한 고통은 그가 악마와 계약해서 얻은 경이로운 능력과 그럼에도 불구하고 그가 신의 피조물로서 살도록 운명 지어진 환경과의 괴리 때문이다. 그가 유혹한 사람 중 누구도 똑같은 조건으로 그 끔찍한 능력을 사겠다는 사람은 없었다. 예컨대 삶의 조건을 받아들이지 못하는 사람이 영혼을 판다. 작가가 만든 악마적인 창조물과 흥분제에 의존하는 피조물 사이의 유사점을 쉽게 볼 수 있다. 인간은 신이 되고자 했고, 곧 냉혹한 도덕 법칙에 의해 원래보다 더 추락한다. 영혼을 조각조각 팔아버렸기 때문이다.

발자크는 분명 멜모스를 의지를 저버린 사람보다 더

19 아일랜드 작가 찰스 매튜린(Charles Robert Maturin, 1782-1824)의 환타지 소설 《방랑자 멜모스》의 주인공.

치욕적이고 고통받는 사람으로 보진 않았다. 나는 발자크를 해시시의 놀라운 효과를 체험하는 곳에서 대면한 적이 있다. 그는 떠도는 말을 관심과 흥미를 가지고 듣고 물었다. 그를 아는 사람들은 발자크가 해시시에 아주 관심이 많다고 생각했다. 하지만 그는 '자신과 전혀 상관없는 사고'란 것에 심한 충격을 받은 듯이 보였다. 사람들이 그에게 다와메스크를 보여주자 그는 이를 살피고 냄새를 맡아본 뒤, 만져보지도 않고 되돌려줬다. 그의 얼굴은 어린애 같은 호기심과 굴복에 대한 혐오감 사이에서 갈등하는 표정이 역력했다. 위신에 대한 남다른 그의 애정이 그날은 승리했다. 사실 루이 랑베르[20]의 정신적인 쌍둥이, 의지의 이론가 발자크가 자신의 의지를 극히 일부라도 손상시키는 일에 가담할 것이라고 상상한 것은 무리였다.

에테르와 클로로포름이 인간에게 찬양할 만한 도움을 줬다지만, 철학적 관념에서 보면 인간의 자유의지를 약하게 하고 필요 불가결한 고통을 없애는 이 모든 현대적 발명품에도 역시 해시시와 같이 똑같은 도덕적 낙인을 찍을 수밖에 없다는 것이 내 시각이다. 나는 어떤 장교한테 역설적이긴 해도 놀라운 얘기를 들은 적이 있다. 어쩌면

20 발자크의 작품 《루이 랑베르》의 주인공 이름.

그보다 더한 '기사도 정신을 갖춘' 사람이었다고 했다. "그 장군에게 필요했던 것은 클로로포름이 아니라, 전군의 시선과 군악대의 음악이었습니다. 그랬더라면 아마 그는 살아남았을 겁니다!" 그 장교가 주장한 말이다. 하지만 외과의사는 동의하지 않았고 수술이 이루어졌다. 장군의 운명을 지켜본 군종 신부는 분명 그 장교의 판단을 존중했을 것이다.

이런 모든 면에서 또다시 해시시의 비도덕성을 들먹인다는 것은 정말 쓸데없는 소리가 될 테지만, 나는 해시시의 비도덕성을 자살, 서서히 진행되는 자살, 또는 항상 피범벅이 된 채 날이 바짝 서 있는 무기, 정상인이라면 당연히 거부해야할 흉기에 비교한다. 나는 이를 효능과 해악이 검증된 바 없는 비법을 쓰는 주술, 마법과 동일시한다. 철학적인 사고를 지닌 사람이라면 이런 비유를 나무라지 않을 것이다. 교회가 마법과 주술을 비난하는 것은 그것들이 신의 의도에 맞서고, 시간 개념을 뭉개버리고 근면한 선행으로만 얻을 수 있는 진실하고 합법적인 보물들을 무시하고 초월적인 도덕으로 빠져버리기 때문이다.

우리 모두를 속여 확실하게 이기는 도박사가 있다. 적

은 비용으로 행복과 천재적인 능력을 구입하고자 하는 그 사람을 우리는 뭐라 불러야 할까? 바로 실패를 모르는 그 확실한 방법에서 비도덕성이 나온다. 이 절대적인 확실성이 그에게 악마의 낙인을 찍을 테니 말이다. 몇 마디 덧붙이자면 해시시는 홀로 느끼는 모든 즐거움이 그러하듯 다른 타인을 필요로 하지 않고 공동체를 무시하고 자신을 끝없이 예찬하다 결국 나르시스의 수렁으로 빠지게 하는 것이 아닐까?

인간의 위엄과 정직성, 그리고 자율의지를 담보로 해시시는 위대한 정신적인 혜택을 주는 도구, 사고를 유연하게 만들어 풍요로운 생각을 탄생시키는 도구가 될 수 있지 않을까? 이는 내가 자주 들었던 질문이기에 답변을 한다. 우선 짚고 넘어야 할 것은, 이미 상세히 설명했듯이, 해시시는 개인의, 단지 자신의 본성을 돌출시킬 뿐이다. 물론 한 개인을 그의 최대 한계까지 끌어내고 한 개인의 힘을 극대화시킨다. 또 이 정신적 유흥에서 살아남은, 언뜻 보기엔 이성적으로 보이는 인상들을 남긴다. 그러나 해시시가 빚어낸 순간적인 왜곡과 마법의 미사여구로 장식된 이 기억들은 실제 생각만큼 아름답지 못하다는 것에 주목할 필요가 있다. 기억들은 하늘보다 지상에 속한 것이기 때문이다. 그 아름다움은 대부분 심적인 동요가 만들어내거나 거기에 몰두한 탐욕스런 정신이 만들어낸 것이다. 결과적으로 해시시에 대한 이런 바람은 악순환에 불과하다. 잠시 동안이라도 해시시가 천재적인 능력을 주거나 높여준다고 인정하더라도 해시시가 의지력을 약화시킨다는 것을 간과하고 있기 때문이다. 이를테면 해시시가 천재성을 주고 의지를 앗아가기 때문에 운용할 능력이 없는 사람에게 상상력만 키워주는 꼴이 된다.

이런 딜레마에서 벗어날 수 있을 만큼 충분히 올곧고 패기만만한 사람이 있을 수도 있겠지만 그 사람한테도 또 다른 치명적이고 끔찍한 습관성 중독에 대한 위험은 도사리고 있다. 모든 것이 약물에 대한 필요성으로 변하는 것은 시간 문제이기 때문이다. 생각하기 위해 독에 의존한 사람은 독 없이는 더 이상 아무런 생각도 하지 못한다. 해시시나 아편의 도움 없이는 상상력이 굳어버려 작동을 멈춰버린 사람의 끔찍한 운명을 생각해보았는가?

철학적인 관점에서 인간의 정신을 별의 궤적처럼 곡선을 그으며 출발한 지점으로 되돌아가야 한다. 그렇게 결말을 맺고 타원이 완성되는 것이다. 나는 이 글을 시작할 때 경이로운 상태, 즉 인간의 정신이 구속에서 풀려나 우주에 펼쳐진 듯한 상태에 대해 언급했다. 그 정신은 지속적으로 자신의 희망에 불씨를 당기고 무한을 꿈꾸며 스스로를 찬양하며 모든 물질적인 것을 위험천만하게 광적으로 무시한다. 왜냐하면 때때로 그는 언제 어디서건 자신의 눈앞에서 손쉬운 천국, 자신이 욕망하는 모든 것들을 이룰 수 있기 때문이다. 예컨대 이 무모하기 짝이 없는 정신은 자신도 모르게 지옥까지 내달려 자신의 유일무이한 위대함을 증명하고자 한다. 하지만 인간이 천국에 도달하기 위해 꼭 약이나 주술을 필요로 할 만큼 불모의 존재는 아니다. 천상의 미녀들의 뜨거운 애무나 우정을 사기 위해 그의 영혼을 팔 필요는 없다. 영원한 구원을 지불하고 인간이 살 수 있는 천국은 무엇일까?

나는 영성의 가파른 올림포스 언덕에 있는 한 남자(브라만이나 시인, 혹은 기독교 철학자?)를 상상해본다. 장기간 금식하며 간절히 기도하는 그를 위로하기 위해 라파엘이나 혹은 만테냐[21]풍의 뮤즈들이 그를 둘러싸고 우아한 춤을 추며 그윽한 눈길과 환한 미소로 응시하고 있다. 신성을

21 이탈리아 화가 안드레아 만테냐(Andrea Mantegna, 1431-1506).

지닌 아폴론, 온갖 유형의 아폴론(프랑카빌라[22], 알브레히트 뒤러[23], 홀치우스[24]풍의 아폴론과 그 밖의 모든 아폴론, 무엇이든 어떠랴? 모든 사람에게는 자신만의 아폴론이 있지 않을까?)이 자신의 활대로 극한 감수성을 지닌 줄을 켜고 있다. 그가 있는 아래쪽 산발치에는 한 무리의 인간들, 한 떼의 노예들이 가시덤불과 진흙탕 속에서 한 입 베어 문 독에 취해 희열에 일그러진 얼굴로 고함을 질러댄다. 그러자 시인은 슬픔에 잠겨 탄식한다. "저 가엾은 중생들이 금식도 하지 않고 기도도 하지 않고 노동을 통한 참회도 거부한 채, 검은 마법을 써서 단번에 초현실적인 존재가 되겠다고 아우성이구나. 마법이 저들을 속여 잘못된 행복, 잘못된 빛으로 이끌고 있구나. 그러는 동안 우리 같은 시인과 철학자는 끊임없는 노역과 명상을 통해 우리 영혼을 만들어왔다. 우리는 부단한 의지의 단련과 변치 않는 고귀한 영감을 통해 아름다운 진실의 정원을 가꾸어왔다. 우리는 영원하고 고귀한 의지와 그 의지의 부단한 단련을 통해 우리에게 허락된 진정한 미의 정원을 이루었다. 믿음이 산을 옮기리라는 말씀을 믿고, 신이 우리에게 허락한 이 유일한 기적을 믿고 우리 스스로 이뤄낸 것이다!"

22 이탈리아 조각가 및 화가(1435-1488).

23 독일 화가 및 판화가 알브레히트 뒤러(Albrecht Dürer, 1471-1528).

24 네덜란드 화가 헨드릭 홀치우스(Hendrik Goltzius, 1558-1617).

Le Conte du Haschisch

장 자크 모로 Jean Jacques Moreau, 1804-1884

정신과 의사.

03

해시시 소고

정신과 의사로 경력을 쌓기 시작한 초기부터 '정신병'의 원인과 여러 가지 변형들에 대해 많은 관심을 가졌던 모로는 1830년대 말 아랍을 여행하며 인간 의식에 영향을 주는 약물들을 연구했다. 1842년 모로는 이 연구의 결과로 <흰독말풀이 야기하는 환각 작용의 치료적 응용에 관한 논문>을 발표했다. 또 모로는 해시시에 많은 흥미를 가지고 있었다. 아랍에서 돌아오던 길에 그때까지 알려지지 않았던 해시시 반죽인 다와메스크를 가지고 와 스스로 실험하기도 했다. 다양한 사례들을 원했던 모로는 고티에를 통해 알게 된 해시시 클럽의 예술가들에게 약물 실험을 했다.

언어에 대한 특별한 감각을 갖고 있는 작가들은 모로의 실험에 큰 도움을 주었고, 비세트르 병원에서 정신병 환자들을 상대로 한 실험 결과를 더해 1845년에 <해시시와 정신병에 관하여>라는 논문을 발표했다. 이 논문은 해시시에 관한 현대적인 연구라는 평가를 받으며 정신의학 전문가들에게 큰 반향을 일으켰고 이 논문의 영향으로 당시 프랑스 의학계에서 환각과 광기의 연관성에 대한 논의가 활발히 일어났다.

지난 12월 5일 목요일, 해시시를 조금 복용했다. 나는 이미 그 효과를 알고 있었다. 이전에 이를 체험했기 때문이 아니라 동양을 다녀온 어떤 이를 통해 알게 되었다. 그래서 무아경 속으로 빠져들기를 조용히 기다렸다. 나는 이 달콤한 덩어리를 음미하며 아무 말도 하지 않을 생각으로 테이블 앞에 앉았다. 왜냐하면 이를 어렵게 씹고 난 뒤에 그러기는 정말 싫었다. 나는 굴을 먹을 때 주체할 수 없는 다소 발작적인 웃음이 터지곤 했는데, 그럴 때면 나처럼 이 동양의 음식을 음미하고 환각에 빠졌던 이와 사자 머리 하나가 접시 위에 놓여 있는 환상을 본 또 다른 이를 떠올리면 이내 진정되었다.

저녁 식사가 끝날 때까지 웬만큼 잘 참아냈다. 그러나 잠시 후 스푼을 꽉 잡고 차려진 과일 접시 앞에서 펜싱 자세로 전투하는 듯한 내 모습을 상상하자 이내 웃음이 터졌다. 나는 식당을 나왔다. 음악이 듣고 싶어졌다.

그 강렬한 욕망에 피아노 앞에 앉았다. 그리고 <검은 망토Domino Noir>[1]의 아리아를 연주하기 시작했다. 몇 소절을 치는데 정말 끔찍한 광경이 눈앞에 펼쳐져 연주를 멈추었다. 피아노 앞에 걸린 남동생의 초상화가 마치 살아있는

1 다니엘 오베르(Daniel Auber, 1782-1871)가 작곡한 프랑스의 오페라 코미크.

것 같았다. 그 초상화는 갈라진 검정색 꼬리를 가진 것처럼 보이더니 빨간색, 녹색, 흰색 세 개의 랜턴 불빛으로 갈라지고 희미해져 사라졌다. 이 기묘한 환영은 저녁 내내 몇 차례씩 나타났다. 나는 소파에 털썩 주저앉아 소리쳤다. "너는 왜 나의 사지에 못을 박느냐. 온몸이 납덩이가 된 것 같아. 아! 너무 무거워!" 누군가가 나를 들어올리려고 손을 잡았고 내 몸은 묵직하게 나무 바닥에 떨어졌다. 나는 이슬람교식으로 엎드려 기도하듯 외쳤다. "아버지 회개합니다." 그들이 나를 들어올렸고 갑작스럽게 상황이 바뀌었다. 나는 폴카를 추기 위해 단지를 집어들었다. 며칠 전 극장에서 보았던 에투알Étoile[2] 배우들, 라벨과 그라쏘의 몸짓과 목소리를 흉내 냈다. 생각만으로 나는 그 극장에서 오페라의 무도회로 옮겨갔고 사람들과 소음, 불빛으로 인해 흥분의 도가니로 빠져들었다. 횡설수설하는 수천 번의 연설이 끝나고 나는 흥분된 몸짓으로 가면극 배우처럼 외치면서 주위를 둘러봤다. 그리고 맞은편의 불 꺼진 방문을 향해 곧장 발걸음을 옮겼다.

순간 소름끼치는 일이 벌어졌다! 나는 숨을 쉴 수가 없었고 비세트르Bicetre[3]의 끝없는 우물 속으로 추락하고 있

2 극단의 스타 무용수에게 붙이는 '별'이라는 의미의 칭호.
3 정신병원으로 유명한 파리 근교의 마을.

었다. 물속에서 허약한 갈대를 부여잡고 발버둥치는 사람처럼 도움을 갈구했지만 그들은 나를 외면했다. 나는 우물가에 있는 돌에 필사적으로 매달렸고 그들은 나를 이 끝없는 구렁텅이로 밀어넣었다. 짧은 시간이었지만 정말 고통스러웠다. "우물 속으로 떨어지고 있어"라고 외쳐댔기 때문인지 그들은 나를 다시 내가 있던 방으로 끌어올렸다. "오페라 극장의 무도회장을 우물이라고 생각하다니 정말 바보 같아." 이것이 나의 첫 번째 절규였다.

나는 의자에 부딪혔는데 의자는 마치 마룻바닥에 누워 있는 가면극 배우처럼 보였고 불편한 자세로 춤을 추려고 하는 것 같았다. 나는 마을의 경관에게 그를 잡아가달라고 애원했다. 그리고 나는 마실 것을 부탁했고 그들은 레모네이드를 만들기 위해 레몬을 가지고 왔다. 나는 한 하녀에게 그녀의 얼굴처럼 누런 것은 고르지 말라고 부탁했다. 내게는 그녀의 얼굴이 마치 오렌지 빛깔처럼 보였기 때문이다.

갑자기 머리카락 사이로 내 손이 지나갔다. 그리고는 수백만 마리의 곤충들이 내 머리 위에서 중얼중얼 기도하는 것 같았다. 나는 구경꾼들에게 마담 B와 약혼한 산부인과 의사를 보내줄 것을 요청했다. 그 벌레들 중 내 머리 앞쪽 세 번째 머리카락에 둥지를 틀고 있는 새끼 밴 암컷을 운반해달라고 하기 위해서였다. 고통스런 몸부림 끝에 녀석이 새끼 일곱 마리를 낳았다.

나는 몇 년 동안 보지 못했던 사람들과 얘기했다. 오 년 전 샹파뉴에서의 저녁 식사를 상기했다. 그리고 그 일행을 보았다. H는 꽃으로 장식된 생선 한 마리를 제공했고 그의 왼편에는 K가 있었는데 바로 눈앞에 있는 것처럼 생생했다. 나는 집에 있는 것 같았고 내가 보는 모든 것은 오래전에 있었던 일 같았다. 하지만 그들은 거기에 그때 내가 느꼈던 그대로 서 있었다.

푸른 은빛 하늘 속에서 너무도 사랑스러운 나의 아들이 보였다. 그 아이는 장밋빛으로 테를 두른 하얀 날개를 가지고 있었고 미소를 짓자 두 개의 귀여운 이가 드러났다. 그것은 정말 마음을 들뜨게 하는 행복이었고 오로지 모성만이 이해할 수 있는 기쁨이었다. 아이는 자기처럼 날개를 단 수많은 아이들 사이에 있었고 아름다운 푸른 하늘을 날아다녔다. 하지만 내 아들이 모든 아이들 중에 가장 잘 생겼는데 그보다 더 흥분되는 것은 없었다. 아이는 미소 지으면서 마치 나를 부르려는 듯이 그 작은 팔을 뻗었다. 그러나 이 달콤한 영상도 다른 것들과 마찬가지로 사라졌다. 그리고 나는 하늘 위에서 떨어졌다. 그 속에서 나는 해시시의 환영으로 처음에 보았던 랜턴 불빛이 비치는 지역을 얼핏 보았다. 지난 7월 29일 정확하게 샹젤리제를 비추었던 불빛 아래 보았던 사람들과 집, 나무들이 있는 바로 거기였다. 그리고 이는 어린 시절 수중 극장에서 보았던 발레를 연상시켰다. 앞으로 움직이면서 춤을 추는 불빛들이 끊임없이 뒤섞였고 그중에 내 남동생의 가짜 꼬리 끝을 이루는 세 개의 불빛이 가장 빛났다. 특히 계속 내 눈앞에서 춤을 추는 한 불빛(굴뚝에서 타는 숯이 만드는 빛)을 주시했다. 그런데 누군가 재로 이를 덮어버렸다. '이런! 네가 내 불빛을 꺼버렸구나. 하지만 그것은 곧 회생할 거야.' 불꽃은 정말 다시 타올랐고 이전에 흰색이었던 나의 불빛이 지금은 녹색을 띠고 춤을 추는 것을 보았다.

내 눈은 일종의 신경성 근육 수축으로 내내 감겨 있었었다. 왜냐하면 그들이 심하게 타버렸기 때문이다. 그 원인을 찾아내려 했으나 곧 하인이 내 눈에 납화(왁스와 테레빈유를 섞어 만든 물감)칠을 살짝 했다. 그리고 솔로 닦았다. 나는 그 때문에 눈이 아주 불편해졌다.

레모네이드 한 잔을 마셨다. 어떻게 내 환상과 상냥한 요정이 센 강을 따라 나를 오니에의 욕조까지 데리고 오게 되었는지, 그 이유는 무엇인지를 한번에 순서대로 설명할 수 없다. 헤엄을 치고 있는데도 불구하고 물속에 잠기고 있는 것을 느꼈고 고통스러웠다. 내가 소리치면 칠수록 물은 더욱 나를 삼켰다. 한 친구가 보조를 데려와 나를 수면으로 끌어올렸을 때 내 시야가 불완전하기는 했지만, 욕조의 커튼을 통해서 퐁데자르 다리 위를 걷고 있는 동생을 보았다.

나는 스무 차례나 무분별한 행동을 하는 와중에도 말하고 싶은 것을 참고 조용히 있어야만 했다. 세 시간 동안 해시시가 나의 뇌 속에 펼쳐놓은 수천 가지의 공상을 모두 기술할 수는 없다. 그것들은 너무 이상야릇해서 진지하게 믿을 수 없을뿐더러 때로는 의심하고 자신들을 놀리는 건 아닌지 묻는 사람들도 있다. 왜냐하면 이는 모두 그 이상한 광기로 인한 것이었기 때문이다. 외침과 노랫소리가 엄마의 품에 잠들어 있는 내 아이를 깨웠다. 아이의 희미한 흐느낌을 듣고 아이에게 다가갔다. 그런데 마치 어느 순간 아이가 내 오른쪽 가슴에 있는 것 같아 당황스러워졌다. 그들이 나를 아이로부터 격리시키려 한다는 위기감을 느꼈고 나는 내 아이가 아니라고 말했다. “이 아이는 내가 아는 한 여인의 아이인데 그녀는 가진 것이 아무것도 없어서 항상 나를 부러워한다.”

그 후 나는 외출하여 사람들과 얘기하고 질문과 답변을 나눴다. 카페로 가서 얼음을 조금 주문했고 웨이터가 멍청하다는 것도 알았다. 여러 차례 산책하면서 B를 만났다. 그의 코는 이미 충분히 컸었는데 더 비정상적으로 늘어났다. 집으로 돌아오면서 “B의 머리 위에서 달리는 저 큰 쥐 좀 봐”라고 말했다. 순간 그 쥐는 우화 <악마의 일곱 개의 성>에 나오는 쥐만큼 거대해졌다. 나는 머리 위에서 눈에 띄게 보이는 쥐가 거기서 뛰고 있었다고 확신할 수 있다. B씨는 단지 상상의 존재였지만 나는 정말 그가 거기 있었고 그를 보았다고 맹세할 수 있다.

Myslowitz-Brauschweig-Marseille

발터 벤야민 Walter Benjamin, 1892~1940

유대계 독일 철학자, 문화비평가.

04

해시시 하이 이야기

교수 자격 취득을 위한 박사 학위 논문 <독일 비애극의 원천>(1928)이 대학에서 거부되자 교수를 단념하고 저술 활동에 전념했다. 보들레르, 프루스트에 심취하여 그들의 작품을 번역하는 한편, 1925년부터 마르크스 연구에 몰두하였다.

또 초현실주의자들과 그들의 약물 사용에 공감하고 있던 벤야민은 직접 이를 실험했으며 해시시와 메스칼린, 그 밖의 다양한 약물의 효과에 관해 잘 알고 있었다. 그가 약물을 사용했다는 사실을 입증하는 가장 오래된 증거 자료는 1927년 12월에 있었던 해시시 실험의 속기록이다. 이 실험은 의사를 비롯한 벤야민의 친구들이 동석한 가운데 실행되었고, 1934년까지 지속되었다.

실험에 동석한 동료들에 의하면 그는 해시시에 관한 책을 쓰려고 했다. 그렇지만 생전에 이 테마를 다룬 두 편의 에세이를 썼을 뿐인데 <미슬로비츠-브라운슈바이크-마르세유: 해시시 하이 이야기>(1930)와 <마르세유에서의 해시시>(1932)가 그것이다. 앞서 언급된 실험 속기록 외에 벤야민 사후에는 <페인의 메모>라는 글도 출판되었는데, 이 글은 벤야민이 1932년 이비자 섬에 있는 집에서 약물을 실험할 때 쓴 것이라 한다.

이것은 내 이야기가 아니다. 화가 에드워드 세링어Edward Scheringer가 굉장한 이야기꾼이건 아니건 어느 날 저녁 그를 만나 이 이야기를 들었다. 이 표절의 시대에 그것이 진짜라고 말하는 순간 믿을 준비가 되어 있는 청취자는 소수일 뿐이라고 얘기하지 않겠다. 아마 그럴 것이다. 이 이야기를 들었던 베를린의 어느 밤, 이야기하는 사람과 듣는 사람을 위한 고전적인 자리가 마련되었다. 탁자 주위에 둘러앉아 충분히 즐거웠음에도 때때로 대화가 끊겼고 서로를 모르는 듯한 두 서너 그룹이 겉돌고 있었다. 그러다 내 친구인 철학자 에른스트 블로흐Ernst Bloch가 인생에서 한번이라도 백만장자가 될 뻔하지 않았던 사람은 아무도 없다는 말을 던졌다. 웃음이 터졌고, 그 단언은 그의 역설 가운데 하나로 여겨졌다. 하지만 그 때 묘한 일이 일어났다. 이 주제에 대해 길게 얘기하면 할수록 우리는 각자의 몽상에 빠져들었다. 백만을 만질 수 있었던 백만장자에 가장 가까이 갔었던 때, 각자의 인생에서 그 지점으로 되돌아가 있는 듯 보였다. 다시는 들을 수 없게 된 세링어의 이야기는 그날 저녁 불을 밝혔던 가장 기묘한 이야기 중 하나였고 나는 가능한 그의 언어로 얘기하려 한다.

아버지가 돌아가시고 나서 적지 않은 재산이 수중에 떨어졌고 나는 서둘러 프랑스로 떠났다. 나는 1920년대가 끝나기 전에 마르세유를 알게 된 행운아였다. 무엇보다 그때 나에게는 몽티셀리[1]의 고향인 마르세유만이 의미가 있었고 내 모든 예술은 몽티셀리에게 빚지고 있었다. 내 재산은 수십 년간 아버지에게 만족스럽게 조언해주던 작은 개인 은행에 고스란히 맡겨두었다. 게다가 그 회사의 부사장은 친한 친구는 아니라 해도 각별히 잘 아는 사이였다. 그는 또 내가 없는 긴 시간 동안 최상의 보험으로 내 계좌를 철저히 관리하고 수익률 좋은 투자 건이 있을 경우 즉시 알려주겠다고 약속했다. "당신은 그저 우리에게 암호명만 주면 됩니다." 그가 덧붙여 설명했다. "잘못될 경우에 대비해서입니다. 만일 손님 앞으로 보낸 전보가 엉뚱한 사람 손에 들어가게 될 경우를 생각해보십시오. 이런 경우를 방지하기 위해 전달 사항을 적은 전보를 손님의 서명 대신 암호명으로 처리하는 겁니다."

무슨 말인지 이해는 되었지만 순간 혼란스러웠다. 낯선 이름에 익숙해지는 것이 습관처럼 언제나 쉬운 것은 아니다. 내가 사용할 수 있는 수천 개의 이름이 있었다. 이런

1 프랑스의 화가 아돌프 몽티셀리(Adolphe Monticelli, 1824-1886). 고향인 마르세유의 풍경화, 정물화를 많이 남겼고 고흐에게도 영향을 주었다.

사소한 생각이 선택을 마비시키고, 명확한 판단이 서지 않은 선택은 심각한 결과를 낳는다. 체스를 두면서 딜레마에 빠진 사람 같았다. 모든 것을 그냥 있는 그대로 두고 싶지만 그의 손은 움직여야만 하는 상황. 나는 "브라우슈바이크Brauschweig"라고 말했다. 난 그런 이름을 가진 사람도, 혹은 그것이 어느 곳의 지명인지도 전혀 몰랐다.

찌는 듯한 7월의 어느 날 정오 즈음 4주간의 길었던 파리에서의 체류를 끝내고 마르세유의 생 루이 역에 도착했다. 친구들은 항구에서 멀지 않은 레지나 호텔을 추천해주었다. 나는 호텔 시설들을 자세히 둘러보기로 했다. 침대 옆 스탠드와 수도꼭지를 점검하고 나서 내 방식대로 방을 정리했다. 이 도시는 이번이 첫 방문이라 내 오랜 여행 경험을 토대로 움직일 수밖에 없었다.

도시에 이제 막 도착하여 서투르게 도시의 중심가 주변을 이리저리 다니는 일반인들과는 반대로 먼저 변두리 지역을 둘러보기로 했다. 그리고 그런 선택이 얼마나 잘한 일인지 이내 깨달았다. 처음 한 시간 동안 내항과 항만 시설 근처에서 둘러본 창고들과 빈민가. 이번 여행만큼 가난에 찌든 시설들을 본 적은 없었다. 변두리 지역은 그야말로 도시의 소외지역이다. 도시와 시골 사이의 분명한 충돌이 일어나는 지역이다. 마르세유와 프로방스 교외 지역보다 격차가 더 심한 곳은 없다. 그것은 날카로운 철사 대 가시 투성이의 야자 식물, 악취를 풍기며 깔리는 안개 대 나직이 덮인 구름과 아련히 풍기는 플라타너스의 습기, 좁은 외부 계단 대 커다란 언덕의 싸움에 가깝다. 항구는 바다 소금, 석회 가루, 돌가루가 섞인 먼지로 온통 뒤덮여 있었다. 모든 길은 가장 큰 정기선들만 사용하는 저쪽 먼 부두까지 이어졌다. 왼편으로 오래된 붉은 벽돌로 쌓아올린 분수가 보였고 오른편으로는 민둥산 아니면 돌산이 보였다. 그리고 저물어가는 햇살이 그 사이를 통과해 옛 항구를 막고 우뚝 솟아 있는 운반교까지 비쳤다. 그 항구는 바다로 통하는 거대한 수로로 페니키아인들이 아직도 이곳에 대한 권리를 주장하는 지역이었다.

나는 교외의 가장 사람이 많은 길을 지나다 당당히 집으로 돌아오는 어민들과 그들을 반기는 무리, 아이들을 재촉하며 카페와 상점가를 쏘다니는 주부들 무리 속에서 길을 잃었다. 간신히 주요 상점가인 라 칸비에르La Canbiere에 이르렀다. 증권 거래소가 즐비했고 떠돌이 차림의 외국인 선원들이 있었다. 나도 이들 중 한 명이었다. 항구의 한쪽부터 다른 쪽까지 늘어선 '기념품' 산맥이 여기 상점가까지도 이어졌다. 거대한 지진의 힘이 이 유리 단층을, 잉크병, 증기선, 닻, 수은주, 사이렌이 섞인 에나멜과 석회암으로 이루어진 이 대산맥을 들어올린 듯했다. 그것은 수천 층으로 된 대기의 압박 같았고, 이 이미지의 세계는 그 압박에 진동을 일으키며 요동쳤다. 그 압박은 마치 긴 항해에서 돌아온 강건한 선원의 손길이 여인의 허벅지와 가슴을 강하게 애무하는 힘 같았다. 그러한 상상을 하면서 나는 라 칸비에르를 뒤로 하고 발을 옮겼다. 나는 메이안 오솔길에 있는 나무 아래 있었다. 도시의 좁은 골목들은 로레트Laurette까지 나를 이끌었다. 음산한 도시의 뒷골목에서, 졸음에 겨운 남녀의 모습 속에서 도시의 한가로운 일요일 오후는 저물어가고 있었다. 나는 어떤 슬픈 감정에 젖어들었다. 나는 그 감정을, 지금까지도 몽티셀리 그림처럼 여전히 좋아한다. 그런 시간이면 사물들은 그 자체로 이방인에게도 느낌을 전달한다. 그건 오래 산 토착민이 느끼는 것과는 다른 느낌이다.

그것은 일종의 로맨틱한 감정이었다고 세링어는 웃으며 말했다. 그리고 다소 명성 있는 오페라 가수나, 화물선의 선원 또는 바지선의 짐꾼쯤 되어 보이는 아랍인들을 통해 어떻게 해시시를 조금 얻게 되었는지를 이야기했다.

내게 그런 것은 아무런 의미도 없었는데, 왜냐하면 아마도 내가 이런 장소에 이끌려온 외국인들보다 오히려 이 아랍인들에 가까웠기 때문이었을 것이다.

나는 이 여행 중에 우연히 해시시를 조금 얻게 되었다. 저녁 7시 무렵, 2층의 내 방에서 이를 먹었는데 어떤 슬픔으로부터 벗어나기 위해서가 아니었다. 오히려 마술 같은 손길로 살며시 목덜미를 잡아끄는 이 도시에 나를 완전히 내던지고자 했다는 것이 훨씬 타당한 이유였다. 이미 말했듯이 나는 초보자는 아니었다. 하지만 일상적인 우울증이든 맞지 않는 집단과의 갈등이든 지금까지 보들레르의《인공낙원》에서부터 내게 아주 친밀했던 헤세의《황야의 이리》에 이르기까지 결코 내가 그 약물에 관한 비평가들 중의 하나라고 느껴본 적은 없다.

나는 침대에 누워 책을 보면서 담배를 피웠다. 맞은편

창으로 항구의 좁은 길이 보였다. 마치 도시라는 몸통 위에 칼로 벤 자국 같이 어두웠다. 수만의 인구가 살지만 서로 모르는 이 도시에서 방해받지 않고 꿈속에 은밀하게 있을 수 있다는 기분 좋은 현실을 음미했다.

그러나 해시시의 효과는 거의 끝나가고 있었다. 이미 45분이 지났고 나는 약의 질을 의심했다. 아니면 해시시가 너무 오래되었나? 갑자기 누군가 방문을 세게 두드렸다. 이해할 수 없는 일이었다. 나는 아주 무서워져 문을 열려고 하지 않았다. 미동도 하지 않은 채 무슨 일인지 물었다. 호텔 직원이었다. "손님 말씀드릴 것이 있습니다."

"들어오시오." 나는 그의 이름을 물을 생각도, 용기도 없었고 다만 침대 기둥에 기대어 고동치는 심장을 부여잡고 호텔 유니폼이 보일 만큼만 열린 문틈을 응시하고 있었다. 그는 속달 전보를 가지고 있었다.

추천
1000 로얄더치[2], 금요일
공식 금리로 구입
전보 승인

2 유럽의 다국적 석유회사.

시계를 보았다. 여덟 시를 가리키고 있었다. 그럼 회신 전보가 나의 주거래 은행인 베를린 지국에 다음 날 일찍 도착할 수 있었다. 배달원에게 팁을 주어 보냈다. 불안하고 짜증나는 기분이 교차했다. 업무 전보에 마음이 쓰였고, 해시시의 효과가 점점 사라져가는 게 기분을 언짢게 만들었다. 자정까지 정보 송신이 가능하다는 것을 알고 있었고, 내가 직접 중앙 우체국으로 가는 것이 가장 현명한 처사인 것 같았다. 나의 컨설턴트가 내게 했던 세심한 조언대로 내가 답신을 보내야 한다는 것은 분명했다. 생각이 뒤엉켜 나는 다소 혼란스러웠다. 예상치 못하게 해시시 때문에 암호명으로 보내야 한다는 것을 잊게 될지도 모르는 일이었다. 그래서 더 이상 지체하지 않는 것이 좋겠다고 결정했다.

계단을 내려가면서 내가 해시시를 먹었던 지난번 기억을 떠올렸다. 몇 달 전 늦은 밤이었다. 방에서 쉬고 있었는데 밀려드는 허기에 괴로웠다. 그래서 초콜릿 바를 약간 사려고 했던 것 같다. 멀리 가게 쇼윈도에 사탕 박스와 반짝반짝 빛나는 은박으로 포장된 초콜릿, 먹음직스럽게 보이는 빵들이 차곡차곡 높다랗게 쌓여 손짓하며 유혹하고 있었다. 나는 가게 안으로 들어가다 멈추었다. 아무도 없었다. 하지만 더 인상적인 건 이상하게 생긴 팔걸이 의자였다. 그 상황에서 나는 싫든 좋든 결정을 내려야만 했다. 마르세유에서는 사람들이 이런 호화로운 높은 의자에 앉아 초콜릿을 마시나? 그 의자들은 하나같이 비슷한 모양에 움직이는 의자라는 특징이 있었다. 바로 그 때 가게 주인이 반대편 거리 끝에서 하얀 작업복을 입고 달려오는 것이 보였고, 내게는 면도와 이발을 권하는 외침을 웃음으로 넘기며 자리를 피할 시간이 충분했다. 그때서야 나는 해시시의 약효가 이렇게 한참 뒤에 오기 시작했다는 것을 깨달았다. 그리고 가루약을 사탕 박스로, 크롬 도금된 케이스를 초콜릿 바로, 가발을 높다란 피라미드 케이크로 착각했다는 것을 그제야 알아챘다면 그 웃음은 충분히 위험했다. 황홀경은 그런 웃음, 나지막하고 은밀한 웃음으로 시작된다. 그 뒤 모든 것이 더없이 행복하게 느껴진다.

지금 나는 부드럽기 그지없는 이 바람 속에서도 그런 감정을 느꼈다. 그 바람은 길의 반대편에서 차양 가장자리를 물결치게 하고 있었다. 단박에 해시시 복용자가 만들어내는 비정상적인 시간과 공간이 작동하기 시작했다. 그것들은 잘 알려진 대로 장엄하다. 해시시를 먹은 사람에게는 베르사유 궁전조차 그다지 거대하거나 영원불멸한 것처럼 보이지 않는다. 이 정신적인 모험과 절대적 시간의 거대한 차원 속에, 측정할 수 없는 공간 속에 놀라운 해학과 더없이 행복한 미소가 항상 함께한다. 또 걸음은 가벼워지고 의지력이 샘솟는다.

밤이 되도록 시골길을 헤매 다니다 발길이 커다란 시민 광장의 잘 닦인 보도를 향했다. 그 큰 광장 끝에는 보기 흉한 대칭을 이루는 건물 하나가 우뚝 서 있었다. 그 지붕 벽에는 시계가 조명을 받아 환하게 보였다. 우체국이었다. 내가 보기 흉하다고 표현한 이유는 그때 내가 판단력을 상실했을 것이기 때문이다. 해시시를 먹은 상태에서 추한 것이 무엇인지 알 수 없었을 뿐 아니라, 그저 막연히 형세를 관망하는 듯한 이 어두운 건물이 나를 기다리고 있다는 느낌이었다. 건물 안의 모든 사무실과 서류들이 전송될 준비를 하고 나를 부자로 만들어줄 귀중한 내 승인만 기다리고 있는 것 같았다. 나는 그 건물에서 눈을 뗄 수 없었다. 사실 내가 너무 도박적인 선택을 해서 많은 것을 잃게 되고 결국에는 전부를 잃게 될 것 같기도 했다. 그리고 희미한 불빛이 비추는 시계를 지나 내 시야는 어둠 속으로 옮겨졌고 작은 바의 의자와 탁자들이 눈에 띄었다. 여전히 아파치 구역에서는 꽤 멀리 떨어져 있어 부르주아들이 모여들지는 않지만 지금 그 바는 정말 유명해졌다. 그때는 기껏해야 이웃 영세 가게의 몇몇 주인들이 진짜 프롤레타리아 옆에 앉아 있곤 했다. 나는 이 작은 바의 너무 어둡지도 않고 조용히 출입하기 쉬운 구석 자리에 앉았다. 바에서 나는 취해서 완전히 끝까지 간 사람이 술을 한 방울도 쏟지 않고 잔의 가장자리까지 채울 수 있는 반면 정신이 말짱한 사람은 절대 그렇게 하지 못할 거라고 확신했다. 그렇다고 해서 해시시로 인해 내가 이전에 결코 경험해본 적이 없던 원초적인 예리함이 살아난 듯한 기분이 편하지는 않았다.

말 그대로 차츰 나는 인상학자가 되어갔다. 그렇지 않았다면 절대 내가 생각지도 못했던 얼굴 모양에 대한 기억이 떠오르진 않았을 것이다. 갑자기 두 가지 이유로 내가 피하거나 나를 피했던 얼굴 형상들에 둘러싸여 나는 초죽음 상태가 되었다. 그 두 가지 이유란 그들의 주의를 끌고 싶지도 않았고 그들의 만행을 견딜 수도 없었다는 것이다. 문득 나는 어떤 화가(레오나르도와 다른 몇몇에게는 이런 일이 일어나지 않았을까?)들에게 추함이 어떻게 진정한 미의 모체가 되었는지 이해가 되었다. 마치 톱날 같은 산맥이 그 접힌 지층 속에 빛나는 금을 가지고 있는 것처럼 말이다. 나는 특히 아주 야만적이고 천한 사람들 중 한 사람의 얼굴을 생각해냈다. 그 얼굴에서 문득 '절망에 관한 주름'이란 말이 떠올랐다. 그건 바로 이 상황에서 가장 마음에 와 닿는 남자의 얼굴이었다. 그리고 오래도록 지속될 게임이 시작되었다. 내 앞에 있는 새로운 얼굴들 속에 아는 얼굴이 나타났다. 종종 그의 이름을 알고 있기도 했고 모를 때도 있었다.

환상은 사라졌다. 마치 꿈에서처럼 갑자기 깨어 부끄럽게 사라지는 것이 아니라 의무를 다한 사람처럼 부드럽고 온화하게. 하지만 바로 옆에 앉은, 품행으로 보아 프티부르주아인 듯한 한 남자는 그 비대한 얼굴의 표정과 모양을 끊임없이 바꾸었다. 머리 모양과 검은 테 안경으로 그는 꽤 진지해 보이기도 했고 상냥해 보이기도 했다. '그가 그렇게 빨리 바뀔 수는 없어. 분명 이건 현실이 아니야'라고 되뇌었다. 또 느닷없이 그가 동유럽 한 작은 도시의 중학생 모습이었을 때도 있었다. 그때도 그는 이미 많은 인생을 짊

어지고 있었다. 그는 잘생기고 교양이 있었다. 이 젊은이가 어디에서 그렇게 많은 문화를 배웠을까? 저 사람 아버지의 직업이 뭘까? 포목상이나 농산물 중개인쯤? 궁금해하다가 문득 나는 거기가 미슬로비츠Myslowitz[3]라는 것을 알았다. 거기 광장의 끝 아니 도시 끝에서 실제 미슬로비츠 체육관과 학교 시계가 보였다. 11시가 조금 지났고, 수업은 이미 시작되었다. 나는 더 이상 망설이지 않고 그 장면 속으로 들어갔다. 나에게 마술을 걸었던(아마 2시간 전부터였던가?) 사람들은 "수 세기 동안 이방인들이 들어왔어"라는 말을 남기고 휙 사라졌다. 나는 정말 마지못해 주문했던 와인을 함께 나누어 먹었다. 얼음 몇 조각이 잔 속에 떠다녔다. 얼마나 오랫동안 앉아 그 장면 속에 머물며 몽상에 잠겨 있었는지 기억나지 않는다. 그러나 다시 광장을 쳐다보았을 때 거기 있던 사람들이 점차 변해가는 것을 느꼈다.

나는 갑작스런 경련으로 깊은 몽상에서 깨어났다. 그것은 마음속의 유일한 한 줄기 섬광이었다. 바로 전보였다. 나는 빨리 이를 보내야만 했다. 완전하게 깨어나려고 블랙커피를 주문했다. 종업원이 컵을 들고 나타나기 전까지 반쯤은 정신이 들었다. 커피 향이 콧속으로 스며들었고 나는

3 폴란드의 작은 마을.

게걸스럽게 컵을 잡으려 했다. 하지만 놀랍게도 컵을 입으로 가져가던 손이 손가락 몇 마디 길이 앞에서 머뭇거렸다. 놀라서 그랬는지 누가 알겠는가?

문득 팔이 본능적으로 움직이는 것을 보고 나는 커피 향에 대해 생각해보았다. 이런 현상은 내게만 일어나는 것이었다. 이 음료는 다른 해시시 복용자들에게도 즐거움을 극대화시킨다. 즉 다른 것과는 달리 도취의 효과를 증대시켰다. 그래서 나는 행동을 멈추었고 손은 허공에서 멈춘 채로 있었다. 성석聖石이나 성골聖骨처럼 컵을 잡은 팔이 마비되기 시작했다. 시선은 내 하얀 해변용 반바지의 주름 위로 떨어졌다. 그것이 아라비아인들의 망토 주름으로 보였고 시선은 손으로 옮겨졌다. 내 손은 에티오피아인의 구릿빛 손과 같았다. 입술은 계속 굳게 닫혀 음료도, 말도 거부했다. 내 안에서 웃음이 터져 나왔다. 무모하게 쾌락에 빠진 아프리카인의 웃음, 세상과 운명의 행로를 보기 직전에 있는 한 남자의 웃음 같았고 그 어떤 것도 숨길 것이 없는 듯한 웃음이었다. 그곳에서 나는 구릿빛 살결의 유색인종으로 조용히 앉아 있었다.

브라운슈바이크braun-schweig(독일어로 갈색은 braun, 조용히는 schweig이다)! 모든 부자들이 숨기고 있던 '열려라 참깨'라는 암호가 내게 고스란히 드러났다. 나는 처음으로 독일의 작은 도심에 살고 있는, 그들의 이름에 부여된 어떤 마술적 힘도 모르는 브라운슈바이크 가를 상기하면서 미소 지었다. 한없는 동정심이 생겼다. 이 때 마르세유의 모든 교회 탑에서 일제히 자정을 알리는 종소리가 울렸고 그 소리는 마치 흥겨운 합창 같았다.

날이 어두워졌고, 바도 문을 닫았다. 나는 조용히 부둣가를 따라 걸으면서 둑에 정박되어 있는 배들의 이름을 읽어갔다. 바로 그때 이해할 수 없는 쾌활함이 나를 덮쳐왔고 잇따라 눈에 들어오는 프랑스 여자애들의 이름에 미소가 떠올랐다. 마르게리트, 우리즈, 르네, 이본느, 루실…이들의 이름을 딴 배들이 약속하는 사랑이 부드럽고 아름답고 놀랍게 느껴졌다. 부둣가에 정박한 마지막 배 옆에는 돌로 된 벤치banc(독일어로 은행을 뜻한다)가 하나 있었다.

"은행" 나는 나지막이 되뇌며 씁쓸한 표정을 지었다. 왜냐하면 은행 이름이 검정색 바탕에 금색 활자로 적혀 있지 않았기 때문이었다. 이것이 내가 그날 밤, 명확하게 떠올릴 수 있는 마지막 기억이다.

다음은 내가 바다를 내리쬐는 뜨거운 오후 햇살 아래 벤치에서 깨어났을 때 남겨져 있던 주간 신문의 기사이다.

'로얄더치 주가 놀라운 폭등(하이)!'

"이 하이 이후 내 생애 그렇게 기운차고 즐거웠던 경험은 없었다"라고 이야기를 들려준 사람이 말을 맺었다.

The Apocalypse of Hasheesh

피츠 휴 러들로 Fitz Hugh Ludlow, 1836~1870

미국의 작가, 저널리스트, 잡지 발행인.

05

해시시 묵시록

《아라비안 나이트》와 토머스 드 퀸시의 《어느 영국인 아편 중독자의 고백》을 읽고 깊은 인상을 받은 20세의 청년 피츠 휴 러들로는 환각문화에 깊은 매력을 느꼈다. 결국 해시시와 아편은 그의 삶을 변화시켰다. 1856년 그는 <푸트남 매거진Putnam's magazine>에 <해시시 묵시록>을 발표한다. 이후 1857년 대표작 《해시시를 먹는 사람: 어느 피타고라스 신봉자의 생애》를 출판한다. 이 책의 성공 이후 예술평론가나 문학평론가로 잡지나 신문에 글들을 기고하기도 하지만 약물중독에서 벗어나지 못했다. 이후 뉴욕에 최초의 약물 상담 센터를 설립해 많은 약물 중독자들에게 도움을 주고, 아편 해독제를 생산하는 사업을 하기도 한다. 그러나 34세의 젊은 나이로 요절한다.

그의 작품들은 60~70년대 환각문학의 선구자로 재발견되어 캘리포니아에는 그의 이름을 딴 유일한 환각문학 도서관이 건립되었다.

해시시의 세계에서 돌아오며 다양하고 수많은 기억이 떠올랐다. 그 굉장한 환희의 메아리는 고통의 끝에서, 불의 장막같이 영혼을 감싸는 프로메테우스의 번민 속에서 관능적 나른함으로 온몸을 붉게 적시고 황홀한 쾌락의 끝에서 흔들리고 전율했다. 이 모두가 내 몫이었다. 그러나 무엇보다 중요한 것은 마치 어떤 계시적인 경험처럼, 마법에 걸린 듯한 내 인생에 대한 기억이다.

사실 잘 생각해보면 모두 쓸모없는 것들이다. 아 그렇지 않다! 해시시라는 알라딘의 부름으로 나타나는 램프의 종이 그의 주인이라는 존재에게 항상 굽실거리지만은 않는다. 그는 곧 대담해져 자신의 봉사에 대해, 그가 풀어놨던 보물만큼이나 무거운 대가를 요구한다. 그를 치워버려라. 끝이 보이지 않는 암흑 속으로 램프를 던져버리거나 그가 게헨나Gehenna[1]의 폭군처럼 당신 위에 군림하는 동안 그의 자리를 차지하라.

내게 이 경험의 가치는 정신적인 삶의 저 숭고한 길을 보게 열어주었다는 데 있다. 평범한 영혼은 그 세계의 문 앞에서 당황해 어찌할 바를 모르고 장님처럼 더듬거릴 뿐이다. 마지막까지 열심히 이 비밀스런 깨어남을 좇아봐도

1 예루살렘 근처에 있는 골짜기. 보통 고난의 땅을 뜻한다.

결국 거대한 장벽에 부딪혀 되돌아와야 한다. 딱 한 번, 한 순간 나는 이 안정적인 삶에서 처치 곤란한 문제를 보았다. 마음속에서 일어나는 거대하고 심오한 변화의 신비를, 숭고한 진실의 하늘에 계속 걸려 있던 불쾌한 의혹이 바람에 날려 사라져버리는 순간을.

몇 안 되는 사실로 어떻게 그 근원을 좇아갈 수 있단 말인가! 어째서 인간의 모든 사색은 근본적인 질문, '왜'로 귀결될 수밖에 없는가? 고대 철학의 세계보다 더 나아가 우리가 근래에 발견한 것이라고는 단지 몇 발자국, 이 빛조차 통과하지 못하는 안개 속에 바람을 일으켜 교묘한 논법으로 답변 불가능한 질문을 미루어둔 것뿐이다.

기억을 이루는 수백만 방울들은 어떻게 독립적인 상태를 유지한 채 뇌 속에서 카오스 상태로 뒤섞이지 않는가? 중심의 거대한 힘이, 어떻게 보이지 않게 창공을 통과하여 빛의 속도로 공간의 경계를 구르는 마지막 방울까지 잡아내는가? 영이 사물과 어디서 만나 어떻게 소통하는가? 이런 의문들은 마치 거대한 사색의 벌판에 난 작은 식물처럼 수도 없다.

이전부터 가져왔던 나의 이런 의문들은 해시시로 순

간 해결된 것같이 보였다. 설명할 수 없는 현상들에 대한 합리적인 설명이 빛줄기처럼 찰나에 번뜩였다. 어쩌면 이것이 내 마음속에 떠오른 이상한 사실들을 설명하는 것을 더 혼란스럽게 했는지도 모른다. 가정은 또 다른 가정을 낳았다. 나는 논증하려고 애썼지만 결국은 포기해야 했다. 해시시로 인한 다음 환상이 진행되는 동안 갑자기 다시 그 문제가 나타났고, 곧 내 앞에 어떤 직관처럼 답이 주어졌고 나는 어쩔 수 없이 수학 공리처럼 그 진실에 따라야 했다. 그때 나는 그 장엄한 계시에 경외심으로 부들부들 떨고 서 있었다. 비록 이것이 수수께끼들을 푸는 합당한 방법은 아닐지라도, 논리력을 키우는 데 전혀 도움이 되지 않는다 해도 여전히 형언할 수 없는 어떤 장엄함이 있었기 때문이었다. 이런 식으로 누구도 상상할 수 없는 직관의 세계를 발견하는 것은 물질적인 웅장함이 주는 최고의 감동을 넘어서는 일이다.

어느 여름날 오후, 나는 해시시의 무아경에 푹 빠져 거리를 걷고 있었다. 한 시간 동안 눈에 들어오는 모든 것이 엄청나게 커지며 솟구쳐 올랐다. 그 광활한 크기에 나는 공간의 무한함을 느꼈다. 이제 시야는 한 곳으로 모이지 않고 막히는 데 없이 펼쳐졌다. 지평선이 사라졌고 땅과 하늘은 끝없이 평행선을 그리며 뻗어나갔다. 머리 위의 하늘은 헤아릴 수 없는 깊이로 장관을 연출했고, 나는 두려워졌다. 올려다보니 내 두 눈은 아무런 저항도 없이 시시각각 광대한 공간 속으로 멀리, 더 멀리 나아갔다. 그래서 나는 그 거대한 존재의 치명적인 빛 속으로 빨려 들어가지 않게 눈을 아래로 돌렸다. 기쁨 그 자체는 굉장했다. 그 끈을 잡아 늘리다 마침내 끈이 끊어져 육체의 구속으로부터 자유로워지기를 침묵하면서 기다렸던 바로 그 순간이 영혼의 황홀경 같았기 때문이었다. 나는 보이는 것들을 견딜 수 없어 눈을 질끈 감았다. 어느 순간 웅장한 음악이 머리 위 하늘을 가득 채웠고 보이지 않는 날개처럼 세상에 퍼지며 전율이 밀려왔다. 그것은 노래도, 악기 소리도 아니었다. 한 번도 들어보지 못해서 형상화할 수 없는, 뭐라 표현할 수 없는 웅장한 영혼의 소리였다. 거대하지만 요란하지 않는 이상적인 조화로움, 그러나 정교한 부분의 다채로움을 분간할 수 있는 어떤 것이었다. 나는 눈을 떴지만 그 소리는 아직도 계속되고 있었다.

나는 약효에 과장되었을지도 모르는 유사한 실재의 소

리가 있는지 알아보려 주위를 둘러보았다. 그러나 없었다. 그것은 이 세상의 것이 아니었다. 이해할 수 없지만 아름답고, 또 두렵기도 한 심포니로 전 우주를 흔들었다. 갑자기 나는 직관적으로 의식이 들면서 엄숙해졌다. 눈을 돌려 들판과 물, 그리고 하늘을 둘러보며 그 속에서 놀라운 의미들을 읽었다. 내가 여태껏 어떻게 그것들을 그저 무생물로 여길 수 있었는지 놀라웠다. 이제 그것들은 숭고한 영적 진리의 고매한 상징물이 되었고 그 진리들은 이전과 달리 확고하게 느껴졌다.

우주의 여왕[2]이 나체로 지도처럼 누워 있었다. 나는 모든 창조물이 어떻게 유형화되는지를, 어떤 강력한 영적인 법칙으로 어떻게 도약하는지를 보았다. 그것은 외적인 성장 형태를 가지며 단지 존재의 껍질에 머물지 않고 육체화되는 것이다.

광경은 여기서 끝나지 않았다. 수평선에서 수평선으로 흐르는 음악은 여전히 내 위를 가득 채우고 있었는데, 나는 그 흐르는 순차적인 질서를 알아차렸다. 그 순서를 생각하며 음악에서 우주의 움직임으로 변환되는 것을 지켜보았다. 숫자들의 기묘한 특성에 따라 각각의 행성이 궤도

2 타로카드의 두 번째 그림 패. '여교황'을 의미함.

를 따라 돌았고 모든 정신적 감정이 일어났으며 가장 작은 이끼와 균조차도 이에 따라 발아하고 자라났다. 수들이 이 모두를 통제하였고, 반대로 그것들은 수로 인해 훌륭하게 형성화되었다. 정교한 비율로 공간은 조화롭게 정렬되었고, 웅장한 음의 조화가 발전을 거듭하면서 스스로 물질화한다는 생각이 들었다.

저절로 생겨났던 이 생각이 선명해지면서 나는 홀로 견디는 것이 너무도 두려웠다. 나를 휩쓸고 가는 설명할 수 없는 황홀경에 나를 던질 용기도 없었다. 나는 더 이상 이런 영광스런 장면을 마주 대하는 관찰자가 아니었다.

내가 보았던 것을 알리고, 이 대단한 발견을 다른 영혼들과 공유하고 싶은 열망에 참을 수가 없었다. 그래서 나는 보이는 것들을 면밀히 관찰해 다르게 표현할 수 있는 공통된 특징들이 있는지 살펴보았다. 아무것도 없었다! 그것은 완전히 고립되어 어떤 사상이나 사고 체계와는 조금도 소통할 수 없는, 아직까지 언어로는 그 의미를 표현할 수 없는 것이었다.

잠시 해시시 복용자만이 길다고 여기는 시간 동안 나는 번민에 휩싸였다. 주머니를 모두 뒤져 연필과 노트를 찾았다. 적어도 몇 가지 주요한 표시들을 해두고 싶었다. 나중에 이 계시들의 특징들을 기억하고 싶었다. 그러나 노트와 연필은 없었다. 정처 없이 따라 걸었던 개울 위로 넓고 평평한 돌이 있었다.

"가장 높은 곳에 영광을!" 나는 환희로 소리쳤다. "내가 느낀 것들을 이 작은 조각에 몇 개라도 그림으로 새기자." 나는 부들부들 떨면서 칼을 찾았다. 그것 역시 없어져 버렸다. 그때 나는 극도로 흥분한 상태였고 몇 가지 기억나는 것을 손톱으로 새기려고 돌 위에 쓰러지듯 엎어졌다. 딱딱하기 그지없었다. 나는 절망하여 다시 일어섰다.

갑자기 내가 걷는 이 무서운 길에 보이지는 않지만 누군가, 어떤 존재가 느껴졌다. 마치 긴 시간의 흐름에 분리되어 떨어져 있는 존재처럼. 나는 용기를 내어 소리쳤다. "누가 내 앞에 있는가, 지난 세월 동안 누가 형언할 수 없는 광경을 나와 함께했는가?" 지금까지 내 영혼에 남아 있는 음색으로 분명한 대답이 돌아왔다. "피타고라스Pythagoras!"[3]

일순간 나는 침묵했다. 숭고한 현자의 발자국 소리가 수많은 시간을 거슬러 올라오는 것을 들었다. 거룩한 빛줄기 속에서도 두렵지 않았다. 왜냐하면 내 앞에 돌연 그의

3 고대 그리스의 수학자이자 철학자. 크로톤에서 오르페우스교의 교의를 일부 받아들여 윤회사상, 사후의 응보 등을 믿는 교단을 조직했다. 그들은 만물의 근원을 수로 보았고 수들 사이의 관계에 신비스러운 상징적 가치를 부여했다.

모습이 나타났기 때문이다. 요 몇 년 동안 나는 그의 신비한 철학으로 골머리를 앓고 있었다. 내가 이해할 수 없는 당대의 보편적인 이념으로부터 그를 분리하여 보았다. 이오니아학파가 전성기를 맞이하고 있었을 때 그는 홀로 선두에 서서 전혀 다른 하나의 체계를 만들어냈다. 탈레스 이론은 불확실하고 애매한 논리적 과정을 통해 세워졌고 피타고라스 이론은 직관적으로 형성되었던 것 같다. 그의 주장에는 언제나 진실에 대한 진지한 확신이 보였다. 비록 그 의미가 불완전한 이해와 전통적 사고방식으로 굴절될지라도, 그 진지함은 그의 주장에 무게를 실어 주었다. 이제 나는 그가 만들어놓은 진실들을 그의 시각으로 이해했다. 그리고 지금까지 내가 확고히 믿고 있는 대로 언제 발견이 이루어졌는지 그 근원지까지 보았다. 그가 페니키아에서 지팡이를 받았고 그 지팡이의 신호에 천상의 군대가 모여들어 불변의 법칙과 진화론이 발견된 것이 아니며 그들이 우주로 나아갈 때 이 엄청난 음악을 연주한 것이 아니라고 하라. 아니다! 네펜테Nepenthe[4]의 원산지인 이집트와 인도에서 보냈던 반생애 동안 그는 이 계시적인 약을 단숨에 들이켰고 놀라운 속도로 깨어나 언제 어디서나 존

4 고통과 슬픔을 잊게 하는 약의 재료라고 알려진 식물이다.

재하는 화음에 눈을 떴다는 것은 의심의 여지가 없다. "우리가 항상 그 화음을 듣는 것은 아니다. 왜냐하면 일상의 조악함이 우리의 귀를 둔하게 하기 때문이다." 어쩌면 테베의 메노파교 신전의 어두운 밀실이나 인도 북부의 고요한 숲은 위대한 계시자와 한판 붙는 장소였을 것이다. 그리고 성직자 또는 고대 인도의 수행자가 그에게 처음으로 성유를 발라주었을지도 모른다. 하지만 그는 홀로 극복했다. 이상하게 직관적인 그의 사고방식, 이 천상의 음악과 수의 법칙에 따른 모든 창조물과 엄격한 확장. 그래 그의 비밀스런 제자들이 추종하는 바로 그 기호들의 사용, 이 모든 것들은 확실히 해시시로 인한 영감에서 나온 것이다.

피타고라스학파의 신비 속으로 들어가 그 가르침을 배운다면 이 모두를 증명하는 것이 어렵진 않을 것이다. 적어도 가능성이 높다. 만일 우리가 해시시를 이용한다면 음울하고 혼란한 진실 속을 헤매는 이제 막 세례 받은 사람에게 비판적이고 분석적인 능력을 부여해 마침내 그들이 자신의 조화로운 아름다움을 직관처럼 분명히 깨닫게 할 수 있다.

피타고라스와 그의 동료들에 관한 한 가지 사실이 내게는 매우 충격적이었다. 다음과 같은 설화가 있다. 피타고라스가 강을 건너가고 있었는데 강물이 그들 중 피타고라스를 불렀다고 한다. "안녕하시오, 피타고라스 양반!" 나 역시 해시시 무아경 속에서 무생물이 그런 음성으로 부르는 것을 종종 들었다. 암석, 나무, 물 그리고 하늘 어디서나 그들은 내게 인사를 했다. 그리고 주인인 나를 환영하는 소리를 들을 때면 가슴 벅찬 행복감이 솟아났다. 비록 은밀한 해시시의 작용으로 민감한 상태이긴 했지만 내가 이암블리코스Iamblichus[5]의 전통에서 강의 목소리를 정말 들었다고 확신할 수 있다. 그리고 또 이는 테베의 성직자들이 피타고라스에게 처음으로 알려준 윤회사상의 교리였는지도 모른다. 하지만 해시시가 윤회사상에 기여했을 거란 이 놀라운 예증을 하는 데 있어, 이의 착안과 전파에 논리적인 이유를 제시하고자 했던 우리의 노력 또한 간과하지 말아야 한다.

현대의 비평가들은 피타고라스가 사기꾼이었다는 주장을 지지하면서 다음과 같은 의문을 제기했다. "그는 왜 올림픽 게임에서 아폴로의 특성을 흉내 냈는가? 그는 자신의 정신이 과거의 육체 속에 살았으며, 처음에는 메르쿠리우스Mercurius[6]의 아들 액탈리드였고 그리고 나선 에우포

5 시리아 출신의 신플라톤주의 철학자(240~325). 피타고라스의 전기를 썼다.

6 로마 신화에 나오는 신들의 사자. 그리스 신화의 헤르메스에 해당한다.

르보스Euphorbus[7] 그 다음에 델로스Delos[8]의 피루스Pyrrhus[9]였으며 마침내 피타고라스가 되었다고 떠벌리는 이유는 무엇인가! 그가 무지하고 미신적인 사람들의 쉽게 믿는 경향을 이용한 것이 아닌가?" 그러나 이 사실들은 우리에게 그가 진실하다는 증거를 보여주는 것 같다. 그는 논증도 없이 이런 주장들을 했다. 사람들이 쉽게 믿는 경향을 이용해 자신의 주장을 완벽하게 위장한 것이 역효과가 없었다고 믿기 힘들다. 오히려 우리의 추측대로 그는 이런 가설들을 진심으로 믿었고 그를 따르는 이들의 마음에 깊은 의미를 남겼다고 보는 것이 더 설득력이 있다.

생각해보자. 가령 올림픽 게임에서 포이보스Phoibos[10]의 특성에 대해 추정해보자. 그리고 엘리스Elis[11]의 중요한 축제에 참석한 피타고라스를 가정해보자. 그는 해시시의 힘을 빌려 마술적인 웅변으로 대중을 사로잡는다. 그들은 기묘하게 번뜩이는 눈빛과 신비로운 이미지, 권위 있는 통찰력에 숨죽여 집중하고 그에게 매료된다. 그 연설로 그는 영예를 얻고 마침내 전능한 신적 존재가 되었다.

만일 위대함을 세부적인 것들로 설명할 수 있다면, 나는 내가 겪은 수많은 환상들을 잘 기억하고 있다. 그 환상

7 그리스 신화에 나오는 판토오스의 아들. 트로이의 장수.
8 아폴로 신전이 있었던 그리스령의 작은 섬.
9 고대 그리스 에피루스의 왕. 그리스 신화에서 아킬레스의 아들로 나온다.

은 피타고라스 마음속에 있던 것과 정확히 같다. 내가 그 날 개울가를 따라 걸으며 느꼈던 인상은 내가 지난 생애 동안 느꼈던 모든 것보다 더 깊다. 그 때 개울은 내가 해시시의 악령과 싸우는 것을 목격했고 이제는 나와 인간들에게 새 삶을 축복하기 위해 내려온 제우스신을 지켜봤다. 이 때문에 나는 불멸의 신적인 영광과 신들의 집회소인 올림포스의 한 자리를 포기했지만 헤르메스Hermes[12]는 내 옆에서 땅 위의 동료들, 자비로운 여신들과 함께 그 빛나는 발걸음을 내디뎠다. 우리는 호수와 바다를 지나 이 땅에서 저 땅으로 성큼성큼 걸었다. 히말라야의 눈이 바삭거리면서 부서졌다. 이마에는 빛이 내리쬐었고 가슴은 금빛 영기로 환희에 가득찼다. 지금 나는 침보라소Chimborazo[13] 산에서 휴식을 취하며 내 모든 창조물에 장엄한 축복을 내려주고 있다. 그리고 잠시 전지전능한 눈빛으로 인간이 전 우주에 걸쳐 형언할 수 없는 기쁨으로 살고 있는 것을 지켜보았다.

이 신의 법칙은 너무나 지혜로웠다. 노동자는 일터에서 화목한 가정으로 돌아가고, 공원은 더욱 푸르고 경작지는 풍요로운 농작물 다발로 내려앉을 것 같다. 그 아래로

10 태양의 신으로 그리스 신화 속의 아폴로에 해당한다.

11 고대 그리스의 도시 국가. 올림피아 제전의 주최자.

12 그리스 신화에 나오는 신들의 사자. 상업, 교역의 수호신.

13 남미 에콰도르 중부에 있는 안데스 산맥 중의 화산.

푸른 언덕이 새로이 나타나고 얌전한 목동이 이끄는 한 무리의 즐거운 동물 떼와 드넓은 포도밭이 빛나는 테라스 너머로 펼쳐졌다. 가슴 구석구석 환희로 고양되어 전율했고 내 영혼 속으로 기쁨의 메아리가 울려 퍼졌다.

이 사람이 바로 화창한 여름날 오후의 아름다운 황홀경을 즐기려고 친구와 이리저리 거니는 해시시 복용자인가? 그렇다면 피타고라스는?

해시시의 환각 상태에서는 초자연적인 형상이 출몰하거나 자연이 가장 웅장한 형상으로 나타나곤 한다. 천년의 그리스도처럼 나는 세상의 모든 잡음들을 없앴다. 내가 호랑이라고 불렀던 거대한 숲의 심원에서 환상은 그 창백한 턱으로, 영원한 형제애로, 인류를 결속시켰던 언어로, 전 우주의 대리인인 왕에게 아첨하려고 살며시 모습을 드러냈다. 콜론나Colonna[14]에 대한 강탈에 대항해 리엔치Rienzi[15]가 맹렬하게 공격을 퍼부었을 때처럼, 연단 아래로 펼쳐진 넓은 광장이 수많은 격렬한 표정들로 채워져가는 것을 보았다. 나는 열변을 토하며 숭고한 감정이 점차 고조되는 것을 느꼈는데, 그것은 마치 갈대밭을 쓸어가는 시로코sirocco[16] 같은 분노의 폭풍이었다. 아니 나는 거부할

14 중세와 르네상스 시대 로마에서 세력 있던 귀족 가문.

15 로마의 웅변가, 호민관. 바그너 오페라 〈리엔치〉에 나오는 이야기이다.

16 사하라 사막에서 지중해 주변으로 부는 열풍.

수 없는 강렬한 자극에 고양되어 영롱한 하늘의 무한 속을 뚫고 올라갔고, 그 아래로는 지구가 내려다보았다. 그러다 갑자기 순간적으로 구름이 갈라지면서 거대한 하프가 보였다. 그것은 하늘의 반을 차지한 채 비스듬히 놓여 있었고 내 눈앞을 가득 채웠다. 무수한 별들이 반짝이며 그 현과 눈부신 광채로 빛나는 태양 사이의 창공을 붉게 태워가고 있었다. 나는 그 광경에 압도되었고 영기로 둘러싸인 그 깊은 곳에서 하나의 목소리를 들었다. "그 우주의 하프를 주시하라!" 나는 다시 위대한 창조가 조화롭게 형상화되는 것을 인식했다. 이는 이전 장면을 더욱 영화롭게 했다. 이슈리엘Ithuriel[17]의 날개를 강력하게 만들기도 하고 초라하게 하기도 하는 하프에는 영묘한 힘을 가진 아름답고 특별한 현이 있었다. 그 목소리가 다시 내게 일렀다. "그대의 손을 앞으로 뻗어 조화를 깨뜨려라!" 이 때까지도 음악은 연주되지 않았다. 나는 두려웠다. 그렇지만 용기를 내어 하프를 쓸어내렸고 일순간 전 하늘은 형언할 수 없는 음악으로 전율했다. 내 팔은 이상하게 늘어났고 나는 더 대담해졌다. 손끝은 더 넓게 현을 가로질렀다. 심포니는 더욱 강렬해졌다. 그 강렬함에 억눌려 나는 연주를 멈췄다. 그리

17 밀턴의 《실락원》에서 사탄의 정체를 폭로한 천사.

고 무한대 속에서 들려오는 엄청난 메아리를 들었다. 나는 다시 한번 연주했지만 그 소리의 웅장함을 견딜 수 없었다. 그리고 나는 점차 황홀경에 빠져 의식하지 못한 채 다시 새로운 장면으로 옮겨갔다.

만일 내가 초자연적인 행복의 요소들을 발견한다면, 그것은 또한 고통의 요소라는 것을 수차례 반복하면서 알게 되었다. 내가 천년의 그리스도였다는 생각에 환희에 젖으면, 긴 고뇌 속에서 자신이 십자가에 못 박히는 아픔도 느꼈다. 희미한 공포 속에서 나는 손발에 못이 박하는 것을 느꼈지만 고통으로 괴로워하지는 않았던 것 같다. 머리 위로는 거대하고 두꺼운 구름이 되살아나 흘러간 시대와 그리고 도래할 시대의 모든 죄악을 천천히 실어왔다. 모든 시대의 온갖 흉악하고 이름 모를 죄악이 내 가슴속 한가운데로 줄지어 다가오는 것을 지켜보았다. 가시가 이마에 들러붙었고 핏방울은 이슬처럼 머리카락에 매달렸다. 하지만 이것이 나를 고통스럽게 하지는 않았다. 나는 환희에 대한 대가인 벌을 받으면서 이파리처럼 시들었다. 섬뜩한 검정 커튼이 나타나 하늘 사이에 걸렸고 신의 은총은 보이지 않았다. 나는 묵묵히 전지전능한 신의 노여움을 견뎠다. 멀리서 불꽃이 일고, 악마는 내 귓가에서 신을 모독하는 개선가를 부른다. 흉측하고 사악한 휘파람 소리가 내 십자가 주변 공기를 뒤흔든다. 남을 대신해 받는 이 고통을 내가 얼마나 견뎠는지는 모르겠다. 왜냐하면 해시시를 통해 느끼는 시간은 전혀 측정할 수가 없기 때문이다. 다만 내가 아는 것은 해시시를 복용한 이후 계속 완전히 깨어 있는 상태로 친숙한 것들 사이에 앉아 있었다는 것이다. 친구들은 내 앞을 왔다 갔다 했다. 나는 두려움에 말도 하지 못하고 앉아서 그들에게 나의 이중적 존재에서 오는 고통에 동정을 구하고 도움을 청하려 했다. 아마도 이는 현세의 인간이 영원 속에서 겪는, 불멸을 얻기 위해 치러야 하는 고통일지도 모른다.

나는 해시시를 경험하고 한 가지 특징적인 사실을 발견했다. 그것은 인간의 육체는 짐이 되고 자유로운 불멸의 영혼이 홀로 고통을 견딘다는 것이었다. 영혼은 마치 우리에게서 탈출하려는 것처럼 기쁨이든 고통이든 그 장애물인 육체를 세게 뒤흔들었다. 숭고한 환각 상태에서 나는 몇 번이고 자신에게 되물었다. "이 경험은 행복인가, 고통인가?" 영혼과 육체는 각기 다른 결론을 내렸다.

해시시는 장난감처럼 사용될 것이 아니다. 자아는 정신적으로 이토록 무서운 길에 내던져지고 영혼은 육체가 구원할 때까지 스스로 행하고 존재하며 엄청나게 고통스러운 광경들을 홀로 지켜보게 된다.

이 잡지의 9월호에 <해시시 복용자>라는 제목이 붙었다. 나는 '정신 착란 담배'를 피고 오랫동안 그 환상의 세계를 따라 걸었다. 내 자신의 영혼과는 전혀 다른 서술인 것 같았다. 줄거리와 세부 내용을 보니 내 경험과는 정반대되는 것이었다. 그날부터 나는 나의 해시시 경험담을 덮고 이를 내 자신이 충분하게 표현할 수 없는 것에 대해 이야기하지 말라는 경고로 받아들였다. 감사하게, 그리고 지금 완전히 탈출한 것처럼 그 계시적인 세상을 그러나 두려운 현실이기도 한 세상을 되돌아보고 있다. 엘리시움Elysium[18]의 분수대와 저 멀리 안개 속으로 희미해져가는 타르타로스Tartarus[19]의 화염을 본다.

나는 그 계시록을 다시 보게 될 어떤 것으로 간직하고 있다. 더 이상 감각의 창을 통해 세상을 보지 않는 영혼이 언젠가 지금은 볼 수 없는 무한함과 다시 마주해 자신의 존엄성을 깨닫게 될 것이다.

18 그리스 로마 신화에 나오는 사후의 천국, 이상향, 낙원을 의미함.

19 그리스 신화에 나오는 지옥. 하데스 밑의 심연.

The Psychology of Hashish

알레이스터 크롤리 Aleister Crowley, 1875~1947

마법사, 신비주의자, 화가.

06

해시시 심리학

세상에서 가장 사악한 사람이란 평으로도 유명한 크롤리는 히피들의, 록 음악의 아이콘이기도 하다. 밀턴의 《실락원》에 감동을 받고 운비학에 눈을 뜬 그는 좀 더 체계적으로 마법을 배우기 위해 '황금새벽'이라는 비밀 단체에 가입하게 된다. 이 단체는 브램 스토커나 윌리엄 버틀러 에이츠 같은 유명 작가들이 요직을 맡고 있었으며 프리메이슨의 지회 같은 성격의 조직이었다고 한다. 이집트에서 전쟁의 신 호루스의 계시를 받았다고 주장하고 그 교리를 설파한다.

보들레르의 《인공낙원》에 감명 받아 직접 영어로 번역하기도 했고 다양한 저서에서 신비주의적 의식 확장을 위한 약물 경험을 다루고 있다. 말년에는 올더스 헉슬리와 교류하기도 했다.

비틀즈의 명반 <Sgt Pepper's Lonely Hearts Club Band>의 표지에 등장하기도 하고 록스타 오지 오스본은 그에 대한 <미스터 크롤리>라는 노래를 발표하기도 했다. 그 외 수많은 블랙메탈 계열의 밴드들과 마릴린 맨슨 등이 가사, 라이브 공연 중에 그를 흉내 낸 퍼포먼스로 헌사를 받친 바 있다.

"자연은 우리에게 가르침을 준다. 신탁에서도 해로운 균마저 도 유용하고 이로운 것이 될 수 있다고 했다."

-조로아스터

《아라비안 나이트》처럼, 바벨탑처럼 진실의 한 부분이지만 가장 환상적인 우화들로 난잡하고 오묘하게 짜여 있는 것이 이 위험한 식물, 해시시에 대한 우리의 시각이다. 이 순간적인 황홀경으로 이끄는 마술 베일을 경험했던 많은 연구자들은 두려워하거나 실망했다. 불타고 있는 진Jinn[1]의 딸을 강철 무기로 쳐부술 용기를 가진 이는 거의 없었다. 독이 오른 그녀의 주홍빛 입술에서 죽음의 키스를 빼앗고 뱀처럼 매끄럽고 톡 쏘는 그 몸을 고통스런 지옥의 굴로 밀어넣어 빛이 구름 사이를 뚫고 내리치듯 그녀를 몰아칠 수 없었다. 단지 그녀의 무한한 푸른 눈에서 그녀의 순결에 대한 끔찍한 대가인 '검은 광기'를 보았을 뿐이다.

동방의 스핑크스의 모든 수수께끼를 거의 다 풀었던 위대한 리처드 버턴[2]도 이를 경험했다. 그는 수 개월간 약

1 이슬람 신화의 정령.

2 영국의 탐험가, 동양학자(Richard Francis Burton, 1821-1890).

을 복용했고 "식욕증가 외에 아무런 증상도 없었다"며 해시시 중독에 대해 대수롭지 않게 여겼다. 그는 해시시를 부도덕한 것으로 여기지 않았고 '그것이 악이냐 아니냐' 이전에 이상한 열매라고 생각하지도 않았다. 즉 선악과는 아니래도 최소한 다른 열매보다 배로 사악하고 불길하고 파멸을 가져오는 열매라고도 여기지 않았다.

오히려 나는 사악한 뱀의 편에 있다. 그러므로 지식은 위대한 것이며 그것이 무엇이든 그만한 가치를 가질 것이다.

그때 나는 그녀의 성숙한 가슴에서 그런 작은 열매를 (사실 고백하자면 아주 미숙한 씨앗이었다) 따서 친구들에게 서둘러 건넸다. 그리고 여신의 엄중함이 장신구 자국으로 더럽혀지지 않도록 내 언어를 장식할 금이나 보석들은 다 없애버렸다. 내 왼쪽 가슴을 드러내고 성급히 굴거나 주저하지 않고 그녀의 사원으로 들어가 어린 양의 정결한 심장 가죽, 충실의 징표, 순결의 에이프런으로 보상받기를 원했다.

이 분석을 경계 없이 다루기 위해 먼저 이런 부분을 이야기하고 싶다. 칸나비스 인디카의 성분과 조제는 그에 맞는 의학적 방법에 따라 연구될 수 있다. 하지만 모든 엄격한 의학적 소견에도 불구하고 이 약은 육체적으로보다 정신적으로 더 잠재력이 있기 때문에(내가 알고 있는 것보다 훨씬 더), 내가 아는 한 지금까지의 연구는 충분하지 못했고 오해의 소지가 있었다. 탁월한 통찰력과 공명정대함을 지닌 보들레르의 빛나는 분석과 드 퀸시와 드 퀸시의 추종자들, 감상주의자들의 찬양으로 얼룩진 러들로로부터 얻은 정보가 더 깊고 명확하다.

그러므로 이 주제에 대한 나의 연구는 전적으로 개인적이고 불완전하다. 그러나 사실 이런 하찮은 감각과 개성 같은 작은 부분이 다른 모든 요소들을 능가하는 중요한 것이 될 수 있다. 동시에 나는 내 갑옷이 내 선임자들보다 몇 가지 면에서 더 완전하다고 주장한다. 왜냐하면 나는 오랜 정신수련을 겪었고 단단한 체격을 가졌으며 감각을 확장시켜 지각을 변화시키는 해시시의 작용과 고대로부터 모든 인종과 나라에서 있어 왔던 제의적인 도취에 대해서도 더 잘 알고 있기 때문에 유리하다. 내 독특한 능력이 이 결과물을 가장 손상시키는 요인으로 돌아올지도 모르겠지만….

환각 상태는 지혜의 중요한 부분으로 간주되곤 했는데 이런 측면에서 나는 처음에 그 약의 존재를 의심했다. 지금 나는 그 약이 인도 대마를 조제했거나 추출했다고 믿는다.

"아버지의 영이 '세 갈래로!' 라고 외쳤다. 그 즉시 모든 것이 그렇게 나누어졌다."

-조로아스터

과학적 연구에서 가장 부적절한 것은 실험자의 특성을 고려하지 않고 행해지는 것이다. 내 연구가 가장 뛰어나다고 단언할 수는 없지만 여태껏 약물 연구에서 있었던 실수의 요인들을 대부분 제거함으로써 나의 위대한 스승 보들레르보다 정신적으로 좀 더 가치가 있는 연구라 확신한다. 내가 실험할 수 있었던 약물에서 몇 가지 결과를 상당부분 확인하였고, 거기에는 어떤 모순적 요인도 없었다.

이 첫 번째 장에서 나는 해시시의 세 가지 요소를 구분 지었는데 아마도 이는 분리된 세 개의 물질적 성분 때문에 구별되어 나타나는 것이라 생각된다. 어쩌면 단순한 자극의 강도가 원인일 수도 있지만 나는 그렇게 생각하지 않는다.

A. 휘발성 아로마 효과

미세한 이 첫 번째 증상을 러들로는 '전율'로 기술하였는데 그 '전율'을 새로운 힘의 파동이 널리 퍼져나가는 듯한 의미로 쓰고 있다. 심리학적으로 그 결과 완벽한 자기 성찰의 상태가 된다. 어떤 이가 자신의 생각, 오로지 생각만을 인지해 물체는 오직 생각으로만 인식된다. 이 점 때문에 어떤 이는 버클리[3]의 관념론에서 말한 절대 자의식을 비유한다. 자아와 의지는 서로 연관되지 않는다. 아주 비개인적인 일종의 자아성찰 상태 외에는 아무것도 없다. 나는 이 자아성찰 상태가 심리학적으로 의미가 있다는 결론이 이해되지 않는다.

B. 중독성 환각 작용

충분할 만큼의 다량의 약으로(일시적인 현상인 효과 A만 나타날 수도 있다) 사고의 이미지는 현기증이 날 정도로 빠르게 뇌를 관통한다. 이들은 더 이상 자신의 사고로 인식

3 조지 버클리(George Berkeley, 1685-1753):
영국의 철학자, 성직자.

되지 않고, 외부의 것으로 생각된다. 의자와 자아는 이 이미지들에 놀라고 공격 받고 압도된다. 이 때문에 약의 주요한 감정인 공포심이 생긴다. 그리고 이는 고도로 훈련된 의지와 싸운다.

나는 내 독자들이 제의적인 주술과 명상과 모든 신비적 이론들을 인정하고, 마음을 자신의 상상력을 능가하는 거대한 힘으로 이끌 것이라고 믿는다. 잔인한 이미지 속으로 내던져지는 공포는 괴로운 경험이다. 아, 누구에게 굴복해야 하는가!

C. 최면 효과

단지 자러 간다. 이는 필연적으로 A와 B로 인해 뇌가 피곤해졌기 때문만은 아니다. 인도 대마의 견본으로 나는 이 상태가 독립적으로 작용하다는 것을 알았다.

"이런 아버지다운 부정으로 지성을 이해하고, 세상을 통해 사물을 상징적으로 가꾼다."

"넓은 마음을 가진 그 지성을 이해하는 것. 왜냐하면 지성이 마음의 꽃이기 때문에 넓은 마음으로 그 지성을 이해해야 한다."

"공기의 급격한 증가를 통해서 번쩍이며 뻗어나가는 유사한 불꽃이나 어디선가 목소리의 이미지에서 나오는 형체 없는 불꽃, 소용돌이치며 선회하는 번쩍이는 불꽃들이 득실거린다. 또한 말의 어깨 위에 금으로 번쩍이는 빛과 같은 준마의 환상이 있다. 그 말은 순수한 한 줄기 빛의 광선을 내뿜는다. 그때 그 자체가 명상으로 연상된다면, 그대는 이런 모든 상징들을 신의 사자의 형태로 결합할 수 있을 것이다.

-조로아스터

내 실험의 심리적인 결과 중에서 개인적인 의견으로 가장 중요한 것은 A에 있는 것 같다. 나는 이 결론을 얻기 위해 많은 고통을 겪었다. 최대한 약을 빨리 먹는 것부터 실험을 위해 육체적, 정신적으로 스스로를 극기하는 것까지. 효과를 극대화하고 지속시키기 위해 모든 방법을 찾아보았다.

해시시는 평소의 정신 상태에선 단순한 생각을 순수하게 상징적인 형상인 상형문자로 연속해서 분해한다. 말이 'ㅁ/ㅏ/ㄹ'의 음소로 표기되는 것처럼 문자 A와 같이 간단한 개념조차 한 세트의 그림으로 아니 수도 없이 많은 그림으로, 끝나지 않는 무한한 그림으로 분해된다. 이렇게 분해된 기호들은 단어 '말'이 음소들의 집합이 아닌 한 단어로 읽히는 것처럼 함께 인식된다. 이 기호들은 단어의 의미와 그 구성 요소인 음소들 사이에 직접적 연관이 없는 것처럼 사고와 일정한 거리가 있는 것 같다. 이 기호들 각각을 들여다보면 각각이 다른 의미로 인식되면서 연관 있는 다른 의미로 변해가기도 한다. 하지만 형태도 명칭도 없다. 또 그것들은 실제로 이해된다기보다는 그저 알게 되는 것이다.

공교롭게도 B효과는 이런 분석을 하는 데 집중하기 아주 어렵게 만드는 경향이 있다. 그래서 유사한 다음 단계에 대한 탐색으로 서둘러 넘어간다. 그럼에도 불구하고 이런 분석이 실체가 없는 '창조적' 세계, 묻혀버린 '조형적인' 세계, 단순하지만 실재하는 '물체적인' 세계, 단 하나의 '순수한 영혼'인 카발라Qabalah[4]의 세계에 어떻게 부합하는가를 주목하는 것은 흥미로운 일이다.

의문을 (분석하는 것과 마찬가지로) 제기하기도 혼란스럽다. 즉 만일 외부의 단순한 인상들이 그렇게 많은 기호

4 중세 유대교의 신비주의.

들을 구성하고 이것들이 다시 더 늘어난다면 어떻게 '순수한 영혼'으로 돌아갈 수 있는가? 그 와중에 이 모두를 인지하고 있는 '순수한 영혼' 또는 자아의 의식이 분명하게 존재하기 때문이다. 유일한 해결책은 일신론과 범신론의 형이상학적 검증에 있다.

다시 한 현상에서 이중적인 의식을 갖는 이가 있다. 생각들은 기호로 계속 분석되고 그 기호들은 순수한 영혼에 되돌아간다. 또한 순수한 영혼이 보내는 기호들이 다시 생각을 형성한다. 여기서 우리는 힌두교의 아트만Atman[5] 주의를 짚고 넘어가야 한다. 거기서 불교의 아나타Anatta[6] 체계의 자아의 주된 관념이 나왔고, 모든 생각이 그 속에 존재한다.

게다가 거기서 《바가바드기타》[7]에 묘사되어 있는 놀라운 마음의 상태가 발생한다. '세상의 모든 것이며 모든 것을 창조한 나는 각각의 왕들에 맞선다.' 그 경험을 이 구절보다 훌륭히 표현한 것은 없을 것이다. 조로아스터 역시 다음과 같이 얘기한다. "누가 마음으로부터 첫 번째로 나올 것인가. 하나의 불을 다른 불로 덮고, 그것들을 한데 묶어서 샘의 구멍에 섞을 것이다. 그동안 그는 자신의 불의

5 힌두교의 '우주아', '자아'. 생명의 근원을 뜻함.

6 불교에서 일컫는 '무아'.

7 힌두교 3대 경전의 하나로 꼽히는 철학서.

광채를 결백하게 보호한다." "모든 것을 그의 산소 상자의 한 곳에 모음으로써 그는 완전한 존재가 된다."

이렇게 순수하게 형이상학적인 상태를 설명하는 것은 거의 불가능하다. 용어로 표현하기에는 모순이 많다. 자의식은 아주 생생하고 강렬해서 논리는 미숙한 것으로 비난받는다. 논리학자에게 최고의 탈출구는 세 개의 주장이 논리적으로 면밀하고 빈틈없이 일관성을 보여서 마치 그것들이 하나인 듯 인지하는 상태이다. 가령 하나의 컴퍼스가 두 개의 침으로 어떤 부분의 두 점을 누르고 있을 때 그것이 단지 한 점으로 느껴지는 것처럼 말이다. 이에 반해 신비주의자들은 삼위일체론의 진실한 해석에 대해 다소 난해한 주문을 중얼거릴 것이다.

나는 내가 해시시에 대한 내성력이 강하다는 것 외에 철학과 주술에 대한 훈련으로 내 연구의 결론을 확신한다고 덧붙여야 할 것이다. 아마도 이 A효과가 진정한 효과라고 믿고 싶다. 그리고 러들로의 '자의식으로의 접근'은 단지 인간의 신체가 신경과민과 약한 상태에서 작용했기 때문인 것 같다고 말하고 싶다.

옮긴이의 글

"나는 내 안에 유년 시절부터 만들어온 일종의 내부의 상像을 지니고 있다. 그것이 내 삶에 연속성을 주고 나의 가장 은밀한 부분이며 내 자아의 가장 단단한 핵이다." 이 말은 1965년 노벨의학상을 수상한 프랑스의 저명한 의사이자, 과학 철학자 프랑수아 자코브가 그의 저서 《내부의 상》에서 회고한 말이다. 이 책에 소개한 보들레르, 고티에, 벤야민, 모로, 러들로, 크롤리 또한 자코브 못지않게 자신들만의 단단한 내부의 상을 새겨 가슴에 품고 산 예술인들이다. 그런데 개성이 강한 이들 각자의 상은 내부에만 머물러 있기를 거부하고 외부를 꿈꿨다. 불안한 서식처인 현실에 대한 반발과 저항, 글을 쓸 수 없는 막막함에서 생기는 좌절감과 절망감, 그리고 숱한 자살 충동에 시달려야 했던 이들의 영혼은 휴식 공간, '인공낙원'을 필요로 했다. 창조적 사유를 배양하고 일탈에 대한 동경을 실현해줄 낙원,

도피처가 절실했던 것이다. 그들은 자신들 안에 갇혀 있는 페르소나(외적 억압 때문에 유발되는 심적 인플레이션 상태를 항상 견뎌내야 하는), 내부의 상을 밖으로 투사하고 싶어 했기 때문이다. 이를 해결해준 사람이 테오필 고티에였다. 파리에 거주하던 에드거 앨런 포, 네르발, 위고, 발자크, 보들레르, 플로베르 등 쟁쟁한 문인들을 모아 해시시 클럽을 조직한 것이다. 그들은 파리 생 루이 섬에 있는 아지트 피모당 호텔(지금의 로쟁 호텔)에 모여 밀가루 반죽 같기도 하고 잼 같기도 한 녹색 반죽을 대략 엄지손가락만 한 크기로 잘라 함께 복용하며, 낯설고 불가사의한 해시시의 힘을 경험한다.

예순 두 살의 늙은 전직 사제의 외아들로 태어나 와인, 압생트, 아편, 해시시 등 다양한 약물 중독으로 언어장애와 전신마비로 고통 받다 정신요양원에서 쓸쓸히 생을 마감한 '저주받은 시인'의 대명사 보들레르. 매일 밤을 꼬박 뜬 눈으로 지새우며 글을 써대도 가난의 고리를 끊을 수 없었고 끝내 글쓰기 한계에 부딪치자 '밤이 어둡고 하얗다'며 목매달아 자살한 네르발. 신비한 동양여행을 통해 판타지와 아이러니가 가득한 시와 작품을 출간하며, 보들레르로부터 '프랑스 문학의 마술사', '완벽한 시인'이란 칭송과 함께 《인공낙원》을 헌정 받았던 고티에. 철학적 사고와 시적인 성찰을 통한 문학 비평과 언어 분석으로 명성이 자자했던 벤야민. 그리고 피타고라스에 심취했던 러들로와 신비주의, 히피 문화에 영향을 주었던 크롤리 등은 내적인 신음 소리를 달래기 위해 인공낙원, 해시시를 절실히 필요로 했던 사람들이다.

하지만 인공낙원을 체험한 이들의 하나같은 반응은 해시시가 자신들의 존재를 무력화시키는 것에 황홀함과 허탈감을 동시에 느끼고 그 감정에 몹시 낯설어 했다. 예컨대 내부를 탈출한 자신들의 상이 현실과의 연관을 전혀 이루지 못한 채 또 다른 시공간에 갇히는 꼴이 되고 말았다. 보들레르가 《인공낙원》에서 명쾌하게 구분 지었듯 해시시 도취 상태에 빠진 순간은 보통 의식적인 요소를 가지고 만들어낸 꿈의 이미지보다 훨씬 강력해서 결국 환상들의 노예로 전락하기 때문이다. 해시시는 그 어원이 말해주듯 독특한 습성을 지니고 있다. 바로 '암살자'의 복종을 요구하는 것이다. 해시시를 복용하는 순간 모든 자아는 환상이 빚어내는 자아로 환치된다. 다면적이고 심적 인플레이

션이 만들어낸 자아가 되는 것이다. 그러나 그것은 자발적 인 환상의 산물이다. 의식적인 의도를 가지고 만들어낸 것은 아니다. 고티에가 <해시시 애호가 클럽>에서 상상해낸 일종의 만드라고라, 사람의 형상을 한 식물이 바로 그것이다. 꼬이고, 검고, 거친 무사마귀로 뒤덮인 식물 뿌리, 놀라운 활동력을 지닌 만드라고라의 다리들이 퍼덕거리며 비비 꼬아대는 환상들인 것이다.

해시시에 취한 상태에서 목격하게 되는 만드라고라의 이미지와 그와 연관된 사고들은 자발적으로 발생된 것이며 작가들이 손질한 것은 아니다. 이를테면 자의식이 미치지 않은 작가들의 심적 활동이 스스로 드러난 것이라 할 수 있겠다. 낯설음은 이미지뿐 아니라 시간 개념에서도 나타난다. <해시시 애호가 클럽>에서 시간은 생경한 힘을 지닌 또 하나의 자아 개념으로 그려진다. 해시시에 취한 순간 시간은 정지된다. 해시시 연회의 참석자들은 "시간이 정지됐어. 차후로 년도, 달도, 시간도 더 이상 없을 거야. 시간은 정지 됐어. 우리는 시간의 장례식을 치르고 있는 거야"라고 외친다. 달리 말하면 시간의 낯선 힘을 해시시 클럽 작가들은 제각각의 형태로 표출시켰다. 그런 과정에서 개별적인 자아는 집단적 자아의 형상을 갖추기도 하는데 그것이 바로 녹색 반죽에 취해 작가들이 내비친 만드라고라의 형상과 닮은, 복잡하고 기이한 집단무의식 상태에 빠졌던 영혼(현실이 버거워 무한한 힘을 지닌 신인이 되고 싶었던)의 실체가 아닐까 한다.

불현듯 이 책을 번역하면서 해시시 클럽 소속 작가들의 영혼과 가장 잘 어울리는 단어 하나를 떠올렸다. 보들레르의 《파리의 우울》에 나오는 '영혼의 신성한 매춘'이었다. 보들레르는 부모, 형제자매, 조국도 부정하며 이방인이 되길 원했다. 해시시, 포도주, 섹스를 탐닉하며 인위적인 천국을 꿈꾸기도 했다. 그는 극히 인간적인 것들(돈, 명예, 권력, 여자)로부터 완전히 자유롭지 못했지만 항상 신성한 매춘의 일종인 시 쓰기는 계속하고 싶어 했다. 《악의 꽃》이 신성 모독죄로 판금 조치가 내려지자 "프랑스는 진짜 시에 대해 끔찍해한다"라고 외쳤다. 그러나 《악의 꽃》 서문에서 시인이란 어느 경우에라도 '노래하고 축복하고 그리고 희생하고 스스로를 받치는 사람'이어야 한다고 주장한 것처럼 영혼을 신성한 매춘(도취를 통한 글쓰기)에 받쳤다. 물론 다른 작가들도 마찬가지였을 게다. 악마에게 영혼을 팔아서라도 창작 활동을 지속하려던 의지가 너무 강했기 때문이다. 《슬픔이여 안녕》으로 유명한 프랑스 작가 프랑수아즈 사강은 1992년 마약복용 혐의로 기소된 뒤 "나는 타인에게 해만 끼치지 않는다면 내 자신을 파멸시킬 권리가 있다"라고 주장하기도 했다.

하지만 이 책은 해시시의 유·무해 논란을 다루는 책이 아니다. 단지 해시시가 만들어내는 갖가지 환상을 경험한 작가들이 그 세계를 독자들에게 때로는 이야기 형식으로 때로는 수필이나 우화 형식으로 담담하게 들려줄 뿐이다. 그들은 당시까지 낯설고 전혀 알려지지 않은 세계에 대한 호기심으로 모험을 떠났다. 그 신비로운 여행은 그들의 작품과 직간접적인 상호 작용을 하며 우리에게 어렴풋하게나마 그들의 내적인 여행을 그려 보인다.

조은섭

옮긴이 **조은섭**은 파리 7대학에서 프랑스 문학 학사와 석사 학위를 받았다. 이어 파리 4대학에서 박사과정을 마치고 파리 7대학 국제 빅토르 위고 연구소에서 위고 연구로 박사 학위를 취득했다. 현재 학생들을 가르치며 문학 평론가, 번역가로 활동하고 있다. 저서로는 《포도주 해시시 그리고 섹스》가 있고, 번역서로는 《탕헤르의 여인, 지나》, 《착각》, 《대나무》, 《텔레비전》 등이 있다.

해시시 클럽

위대한 작가들의 은밀한 실험실

지은이 테오필 고티에, 샤를 보들레르, 장 자크 모로, 발터 벤야민, 피츠 휴 러들로, 알레이스터 크롤리

옮긴이 조은섭

펴낸곳 지식의편집

편집 김희선

디자인 손현주

등록 제2020-000012호(2020년 4월 10일)

주소 서울 강북구 삼양로 640-6 102

이메일 Jisikedit@gmail.com

신판 1쇄 발행 2020년 5월 30일

ISBN 979-11-970405-0-4 03860

이 도서의 국립중앙도서관 출판예정도서목록(CIP)은 서지정보유통지원시스템 홈페이지(http://seoji.nl.go.kr)와 국가자료종합목록 구축시스템(http://kolis-net.nl.go.kr)에서 이용하실 수 있습니다. (CIP제어번호: CIP2020017883)